一握の砂

石川啄木
近藤典彦編

JN244293

桜出版

本書は『一握の砂』（東雲堂、一九一〇年）を底本としています。旧字は新字に変えました。

目次

まえがき

『一握の砂』を読むのなら、ぜひ本書で読んでください。現在出版されているどの『一握の砂』よりも格段にすぐれた版だからです。本書の特長を挙げましょう。

一、石川啄木が『一握の砂』（東雲堂書店、1910年）を出したとき、編集と割付に想像を絶する仕掛けをしました。仕掛けの眼目は「一ページ二首、見開き四首」という編集にあります。啄木の意図に気づいた人は百年近くも現れませんでした。その意図を本書では完全に復元しました。

二、啄木の意図通り復元したものを読んでも、意図そのものは全く見えません。見えるまでに啄木研究の百年間が必要でした。本書が啄木の意図を解明しています。

三、それが『一握の砂』各章のあたまに付した解説であり、各ページの脚注であり、そして補注です。

四、以上は朝日文庫版『一握の砂』（2008年）ですでに一度ほぼ実現しましたが、同文庫は絶版になったので、本書となりました。本書では同文庫版にいくつかの訂正をほどこすとともに、その後の私の研究成果を補充しました。補充は主に「我を愛する歌」の章の多くの脚注となって実現しています。「我を愛する歌」こそ『一握の砂』の精髄なのです。この章の歌々は分かりやすくて有名ですが、非常に深く複雑でもあります。本書が読みの糸口となるはずです。

五、朝日文庫では入れなかった歌番号と索引を入れるなど、使い勝手をよくしました。

三行書きにふれておきます。啄木が始めた三行書きは「現在の歌の調子を破る」（啄木）ための、野心的なこころみでした。それまで短歌は、通常五七五（上の句）と七七（下の句）に分け、二つの句の間に小休止を置いて読んでいました。

しかし啄木は全歌（五五一首）を三行書きにし、一行ごとに小休止を置いて読むことを読者に要求したのです。どの歌も在来の読み方、つまり五七五、七七（事実上の二行書き）では読まないで、と言ったのです。

啄木は歌人であるとともに詩人でした。行分けには詩人啄木のテクニックが駆使されています。かれの三行書き短歌は美しい三行詩でもあります。一行ごとに、歌と行分けが要求する小休止を置きながら、味読してください。

朗読こそ啄木短歌最高の鑑賞法です。

二〇一七年九月

編者　近藤典彦

一握の砂

世の中には途方も無い仁《じん》もあるものぢや、歌集の序を書けとある、人もあらうに此の俺に新派の歌集の序を書けとぢや。ああでも無い、かうでも無い、とひねつた末が此んなことに立至るのぢやらう。此の途方も無い処が即ち新の新たる極意かも知れん。定めしひねくれた歌を詠んであるぢやらうと思ひながら手当り次第に繰り展げた処が、

高きより飛び下りるごとき心もて
この一生を
終るすべなきか

此ア面白い、ふン此の刹那の心を常住に持することが出来たら、至極ぢや。面白い処に気が着いたものぢや、面白く言ひまはしたものぢや。

非凡なる人のごとくにふるまへる
後のさびしさは
何にかたぐへむ

いや斯ういふ事は俺等の半生にしこたま有つた。此のさびしさを一生覚えずに過す人が、所謂当節の成功家ぢや。

何処やらに沢山の人が争ひて
鬮引くごとし
われも引きたし

何にしろ大混雑のおしあひへしあひで、鬮引の場に入るだけでも一難儀ぢやのに、やつとの思ひに引いたところで大概は空鬮《からくじ》ぢや。

何がなしにさびしくなれば

出てあるく男となりて
三月にもなれり

とある日に
酒をのみたくてならぬごとく
今日われ切に金を欲りせり

怒る時
かならずひとつ鉢を割り
九百九十九割りて死なまし

腕拱みて
このごろ思ふ
大いなる敵目の前に躍り出でよと

目の前の菓子皿などを
かりかりと噛みてみたくなりぬ
もどかしきかな

鏡とり
能ふかぎりのさまざまの顔をしてみぬ
泣き飽きし時

こころよく
我にはたらく仕事あれ
それを仕遂げて死なむと思ふ

よごれたる足袋穿く時の
気味わるき思ひに似たる
思出もあり

さうぢや、そんなことがある、斯ういふ様な想ひは、俺にもある。二三十年もかけはなれた此の著者と此の読者との間にすら共通の感ぢやから、定めし総ての人にもあるのぢやろう。然る処俺等聞及んだ昔から今までの歌に、斯んな事をすなほに、ずばりと、大胆に率直に詠んだ歌といふものは一向に之れ無い。一寸開けて見てこれぢや、もつと面白い歌が此の集中に満ちて居るに違ひない。

そもそも、歌は人の心を種として言葉の手品を使ふものとのみ合点して居た拙者は、斯ういふ種も仕掛も無い誰にも承知の出来る歌も亦当節新発明に為つて居たかと、くれぐれも感心仕る。新派といふものを途法もないものと感ちがひ致居りたる段、全く拙者のひねくれより起りたることと懺悔に及び候也。

犬の年の大水後

藪野椋十

函館なる郁雨宮崎大四郎君

同国の友文学士花明金田一京助君

この集を両君に捧ぐ。予はすでに予のすべてを両君の前に示しつくしたるものの如し。従つて両君はここに歌はれたる歌の一一につきて最も多く知るの人なるを信ずればなり。

また一本をとりて亡児眞一に手向く。この集の稿本を書肆の手に渡したるは汝の生れたる朝なりき。この集の稿料は汝の薬餌となりたり。而してこの集の見本刷を予の閲したるは汝の火葬の夜なりき。

著　者

明治四十一年夏以後の作一千余首中より五百五十一首を抜きてこの集に収む。集中五章、感興の来由するところ相邇きをたづねて仮にわかてるのみ。「秋風のこころよさに」は明治四十一年秋の紀念なり。

目次

我を愛する歌

「我を愛する歌」の「我」は啄木自身を指す。したがって章題は「自分を愛するから作る歌」の意味となる。

啄木は「忙しい生活の間に心に浮んでは消えてゆく刹那々々の感じ」（歌のいろ〳〵）を自分の命の一瞬一瞬の姿と考え、それを歌の形で記録した。

啄木の冴えわたる意識が彫りだした「刹那の感じ」は、人間の誰もが持つ「感じ」だった。だから読者はかれの歌に思わず自分を見てしまう。

この章には、日常生活における啄木の意識の姿百態が集められている。そして全ページに編集の巧緻がはりめぐらされている。

次のページをめくる時、最初の一首目にどんな歌が配置されているか、常に楽しみが用意されている。これは各章に共通する仕掛けでもある。

東海《とうかい》の小島《こじま》の磯《いそ》の白砂《しらすな》に
われ泣《な》きぬれて
蟹《かに》とたはむる

1

頬《ほ》につたふ
なみだのごはず
一握《いちあく》の砂《すな》を示《しめ》しし人《ひと》を忘《わす》れず

2

✣プロローグ。啄木の短歌観を表しており、作者の自己紹介ともなっている。◉（◉印は巻末の補注を参照。以下同）

✣「作者である自分」を忘れないで、というメッセージも込められている。

大海《だいかい》にむかひて一人《ひとり》
七八日《ななやうか》
泣《な》きなむとすと家《いへ》を出《い》でにき

いたく錆《さ》びしピストル出《い》でぬ
砂山《すなやま》の
砂《すな》を指《ゆび》もて掘《ほ》りてありしに

3

✣この歌で、家を出て海に行った、と設定。以下八首（*10*まで）がドラマ風に配列される。

4

✣作詞家・萩原四朗は、石原裕次郎のヒット曲「錆びたナイフ」の一番にこの歌をそっくり活用した。

ひと夜《よ》さに嵐来《あらしきた》りて築《きづ》きたる
この砂山《すなやま》は
何《なに》の墓《はか》ぞも

5

砂山《すなやま》の砂《すな》に腹這《はらば》ひ
初恋《はつこひ》の
いたみを遠《とほ》くおもひ出《い》づる日《ひ》

6

✣言外に青い海と青い空と輝く白雲が浮かぶ。かなたには下北半島が見え、その先には思い出の渋民や盛岡がある。◉

6

砂山《すなやま》の裾《すそ》によこたはる流木《りうぼく》に
あたり見《み》まはし
物《もの》言《い》ひてみる

7

いのちなき砂《すな》のかなしさよ
さらさらと
握《にぎ》れば指《ゆび》のあひだより落《お》つ

8

✣落ちる砂は砂時計の隠喩。自分の思いに関係なく過ぎていく時間と、それを知らせる砂の無情を表現している。◉

しつとりと
なみだを吸《す》へる砂《すな》の玉《たま》
なみだは重《おも》きものにしあるかな

9

大《だい》といふ字《じ》を百《ひやく》あまり
砂《すな》に書《か》き
死《し》ぬことをやめて帰《かへ》り来《きた》れり

10

✣やっぱり家に帰ってきた。砂山の「ドラマ」がここで閉じられる。

目《め》さまして猶《なほ》起《お》き出《い》でぬ児《こ》の癖《くせ》は
かなしき癖《くせ》ぞ
母《はは》よ咎《とが》むな

11

✣家に帰ると日常が始まる。
以下四首、続けて母をうたう。

ひと塊《くれ》の土に涎《よだれ》し
泣《な》く母《はは》の肖顔《にがほ》つくりぬ
かなしくもあるか

12

燈《ほ》影《かげ》なき室《しつ》に我《われ》あり
父《ちち》と母《はは》
壁《かべ》のなかより杖《つゑ》つきて出《い》づ

13

✣「燈影」は石油ランプの光。

たはむれに母《はは》を背《せ》負《お》ひて
そのあまり軽《かろ》きに泣《な》きて
三《さん》歩《ぼ》あゆまず

14

飄《へう》然《ぜん》と家《いへ》を出《い》でては
飄《へう》然《ぜん》と帰《かへ》りし癖《くせ》よ
友《とも》はわらへど

15

✣以下二首、上京するたびに大変な迷惑をかけた父のことが作者の念頭にある。
✣放浪者の孤独。

ふるさとの父《ちち》の咳《せき》する度《たび》に斯《か》く
咳《せき》の出《い》づるや
病《や》めばはかなし

16

✣異郷での孤独。

わが泣くを少女等《をとめら》きかば
病犬《やまいぬ》の
月《つき》に吠《ほ》ゆるに似《に》たりといふらむ

17

✣時代に抵抗する者の孤独。「病犬」は狂犬。◉

何処《いづく》やらむかすかに虫《むし》のなくごとき
こころ細《ぼそ》さを
今日《けふ》もおぼゆる

18

✣自信喪失に伴う孤独。

いと暗《くら》き
穴《あな》に心《こゝろ》を吸《す》はれゆくごとく思《おも》ひて
つかれて眠《ねむ》る

こころよく
我《われ》にはたらく仕事《しごと》あれ
それを仕遂《しと》げて死《し》なむと思《おも》ふ

19

✣以下四首、勤め人の心情。
今日も疲れ切って帰って眠る。

20

✣天職がほしい！

21

こみ合《あ》へる電車《でんしや》の隅《すみ》に
ちぢこまる
ゆふべゆふべの我《われ》のいとしさ

❖通勤する我をいとおしむ。ラッシュアワーのサラリーマンをうたった日本最初の歌であろう。

22

浅草《あさくさ》の夜《よ》のにぎはひに
まぎれ入《い》り
まぎれ出《い》で来《き》しさびしき心《こころ》

❖帰宅しないで歓楽街へ。

愛犬《あいけん》の耳《みみ》斬《き》りてみぬ
あはれこれも
物《もの》に倦《う》みたる心《こころ》にかあらむ

23

✣以下四首、退屈とおどけ。
退屈の末の悪戯。

鏡《かがみ》とり
能《あた》ふかぎりのさまざまの顔《かほ》をしてみぬ
泣《な》き飽《あ》きし時《とき》

24

✣退屈の末のおどけ。

25

なみだなみだ
不思議《ふしぎ》なるかな
それをもて洗《あら》へば心戯《こころおど》けたくなれり

✣なみだとおどけの不思議な関係。

26

呆《あき》れたる母《はは》の言葉《ことば》に
気《き》がつけば
茶碗《ちやわん》を箸《はし》もて敲《たた》きてありき

✣心浮かれておどけ。

草《くさ》に臥《ね》て
おもふことなし
わが額《ぬか》に糞《ふん》して鳥《とり》は空《そら》に遊《あそ》べり

わが髭《ひげ》の
下向《したむ》く癖《くせ》がいきどほろし
このごろ憎《にく》き男《をとこ》に似《に》たれば

27

✣我も無心。鳥も無心。

28

✣我も有心。ひげまで有心。

森《もり》の奥《おく》より銃声《じうせい》聞《きこ》ゆ
あはれあはれ
自《みづか》ら死《し》ぬる音《おと》のよろしさ

29

✣決断実行。
「銃」のルビ「じう」は「じゆう」が正しい。

大木《たいぼく》の幹《みき》に耳《みみ》あて
小半日《こはんにち》
堅《かた》き皮《かわ》をばむしりてありき

30

✣優柔不断。

「さばかりの事《こと》に死《し》ぬるや」
「さばかりの事《こと》に生《い》くるや」
止《よ》せ止《よ》せ問答《もんだふ》

31

✣悩む心。

まれにある
この平《たひら》なる心《こころ》には
時計《とけい》の鳴《な》るもおもしろく聴《き》く

32

✣安らいだ心。

ふと深《ふか》き怖《おそ》れを覚《おぼ》え
ぢつとして
やがて静《しづ》かに臍《ほそ》をまさぐる

33

高山《たかやま》のいただきに登《のぼ》り
なにがなしに帽《ばう》子《し》をふりて
下《くだ》り来《き》しかな

34

✣自分の心のふたしかさ。

✣「心の奥にひそんでゐる微動」（折口信夫）。◉「帽子」のルビ「ばうし」は「ぼうし」が正しい。

何処《どこ》やらに沢山《たくさん》の人《ひと》があらそひて
鬮《くじ》引《ひ》くごとし
われも引《ひ》きたし

35

✣以下四首、自分の心四態。一縷の望みにもすがりたい。

怒《いか》る時《とき》
かならずひとつ鉢《はち》を割《わ》り
九百九十九《くひやくくじふく》割《わ》りて死《し》なまし

36

✣破壊の快感を心ゆくまで味わいたい。

いつも逢《あ》ふ電車《でんしや》の中《なか》の小男《こをとこ》の
稜《かど》ある眼《まなこ》
このごろ気《き》になる

37

✣このごろ気になる。

鏡屋《かがみや》の前《まへ》に来《き》て
ふと驚《おどろ》きぬ
見《み》すぼらしげに歩《あゆ》むものかも

38

✣このごろの自分を見てショック。夏目漱石もロンドンで似た体験をした。◉

何《なに》となく汽車《きしや》に乗《の》りたく思《おも》ひしのみ
汽車《きしや》を下《お》りしに
ゆくところなし

39

✣以下四首、心の居場所を求めて。
行きどころがない。

空家《あきや》に入《い》り
煙草《たばこ》のみたることありき
あはれただ一人《ひとり》居《ゐ》たきばかりに

40

✣人間関係の網からのがれたい。

何《なに》がなしに
さびしくなれば出《で》てあるく男《をとこ》となりて
三月《みつき》にもなれり

41

✣歩いている外が居場所。

やはらかに積《つも》れる雪《ゆき》に
熱《ほ》てる頬《ほ》を埋《うづ》むるごとき
恋《こひ》してみたし

42

✣熱い恋という居場所があったら！
雪の白、頬の赤らみの対照が美しい。

かなしきは
飽《あ》くなき利己《りこ》の一念《いちねん》を
持《も》てあましたる男《をとこ》にありけり

手《て》も足《あし》も
室《へや》いつぱいに投《な》げ出《だ》して
やがて静《しづ》かに起《お》きかへるかな

43

✣以下四首、悩みと悩みの忘れ方。
利己の心をもてあます思想家の悩み。

44

✣悩みにちぢこまった心のしわをのばす。

百年《ももとせ》の長《なが》き眠《ねむ》りの覚《さ》めしごと
呿呻《あくび》してまし
思《おも》ふことなしに

45

✣悩みを忘れられるような呿呻を空想。

腕《うで》拱《く》みて
このごろ思《おも》ふ
大《おほ》いなる敵《てき》目《め》の前《まへ》に躍《をど》り出《い》でよと

46

✣悩みを忘れられるような敵の出現を空想。

手《て》が白《しろ》く
且《か》つ大《だい》なりき
非凡《ひぼん》なる人《ひと》といはるる男《をとこ》に会《あ》ひしに

47

✣以下四首、係累の悩み。
係累なしに彫刻一途の男。
「男」は高村光太郎。

こころよく
人《ひと》を讃《ほ》めてみたくなりにけり
利己《りこ》の心《こころ》に倦《う》めるさびしさ

48

✣家族があるため文学一途になれない自分。

雨《あめ》降《ふ》れば
わが家《いへ》の人《ひと》誰《たれ》も誰《たれ》も沈《しづ》める顔《かほ》す
雨《あめ》霽《は》れよかし

49

✣家族は雨が降っただけで暗くなる。

高《たか》きより飛《と》びおりるごとき心《こころ》もて
この一生《いつしやう》を
終《をは》るすべなきか

50

✣あらゆる係累を断ち切る道はないか。

この日頃《ひごろ》
ひそかに胸《むね》にやどりたる悔《くい》あり
われを笑《わら》はしめざり

へつらひを聞《き》けば
腹立《はらだ》つわがこころ
あまりに我《われ》を知《し》るがかなしき

51

✣以下四首、自己認識をめぐって。思想家としての痛切な反省。

52

✣過剰に複雑な自己認識。

知《し》らぬ家《いへ》たたき起《おこ》して
遁《に》げ来《く》るがおもしろかりし
昔《むかし》の恋《こひ》しさ

53

✣悩み知らずの少年時代。〈この歌は起承転結の転に相当。以下（転）と記す。〉

非《ひ》凡《ぼん》なる人《ひと》のごとくにふるまへる
後《のち》のさびしさは
何《なに》にかたぐへむ

54

✣しらけてしまった自己認識。

大《おほ》いなる彼《かれ》の身体《からだ》が
憎《にく》かりき
その前《まへ》にゆきて物《もの》を言《い》ふ時《とき》

実務《じつむ》には役《やく》に立《た》たざるうた人《びと》と
我《われ》を見《み》る人《ひと》に
金《かね》借《か》りにけり

55

✣以下四首、気を遣う。職場の上司の前で気後れする。「彼」は東京朝日新聞主筆、池辺三山。啄木は校正係として勤めていた。

56

✣職場で同僚から借金する。

57

遠《とほ》くより笛《ふえ》の音《ね》きこゆ
うなだれてある故《ゆゑ》やらむ
なみだ流《なが》るる

✣少年時代の天真爛漫を思う（転）。

58

それもよしこれもよしとてある人《ひと》の
その気《き》がるさを
欲《ほ》しくなりたり

✣並はずれたわが意識力をもてあます。

死《し》ぬことを
持《ぢ》薬《やく》をのむがごとくにも我《われ》はおもへり
心《こころ》いためば

59

✣以下四首、屈託をめぐる心。
屈託のきわみで。

路《みち》傍《ばた》に犬《いぬ》ながながと呿《あく》呻《び》しぬ
われも真《ま》似《ね》しぬ
うらやましさに

60

✣屈託解消の試み。

真剣《しんけん》になりて竹《たけ》もて犬《いぬ》を撃《う》つ
小児《せうに》の顔《かほ》を
よしと思《おも》へり

61

✣屈託のない者の一途さ。

ダイナモの
重《おも》き唸《うな》りのここちよさよ
あはれこのごとく物《もの》を言《い》はまし

62

✣表現の自由への希求。「ダイナモ」は発電機。ものを自由に言えない時代の苦しさが歌の背景にある。

剽軽《へうきん》の性《さが》なりし友《とも》の死顔《しにがほ》の
青《あを》き疲《つか》れが
いまも目《め》にあり

63

✣以下四首、うっ屈とうっ屈からの解放願望。隠された人生のうっ屈。

気《き》の変《かは》る人《ひと》に仕《つか》へて
つくづくと
わが世《よ》がいやになりにけるかな

64

✣勤め人のうっ屈。

龍《りよう》のごとくむなしき空《そら》に躍《をど》り出《い》でて
消《き》えゆく煙《けむり》
見《み》れば飽《あ》かなく

65

✣うっ屈からの解放願望。東京砲兵工廠が啄木の下宿蓋平館の眼下（今の東京ドームの場所）にあった。その大煙突の煙。

こころよき疲《つか》れなるかな
息《いき》もつかず
仕事《しごと》をしたる後《のち》のこの疲《つか》れ

66

✣充実した仕事によるうっ屈からの解放。

空《そら》寝《ね》入《いり》生《なま》呿呻《あくび》など
なぜするや
思《おも》ふこと人《ひと》にさとらせぬため

67

✣以下四首、「我」を押し隠す。
本心を押し隠す。

箸《はし》止《と》めてふつと思《おも》ひぬ
やうやくに
世《よ》のならはしに慣《な》れにけるかな

68

✣「我」を押し隠して生きる。

朝《あさ》はやく
婚期《こんき》を過《す》ぎし妹《いもうと》の
恋文《こひぶみ》めける文《ふみ》を読《よ》めりけり

69

✣妹も「我」を押し隠して生きている。「妹」は二歳一〇ヵ月年下の光子。著書に『兄啄木の思い出』(三浦光子著)がある。

しつとりと
水《みづ》を吸《す》ひたる海綿《かいめん》の
重《おも》さに似《に》たる心地《ここち》おぼゆる

70

✣水を含んだ海綿は「我」をかかえた自分のよう。

死《し》ね死《し》ねと己《おのれ》を怒《いか》り
もだしたる
心《こころ》の底《そこ》の暗《くら》きむなしさ

71

✣以下四首、乖離する心。死を思う心さえ失った暗い虚無。

けものめく顔《かほ》あり口《くち》をあけたてす
とのみ見《み》てゐぬ
人《ひと》の語《かた》るを

72

✣表情や行為とは乖離して存在する心。

親《おや》と子《こ》と
はなればなれの心《こころ》もて静《しづ》かに対《むか》ふ
気《き》まづきや何《な》ぞ

73

✣場と乖離した心と心が向き合う。

かの船《ふね》の
かの航海《かうかい》の船客《せんかく》の一人《ひとり》にてありき
死《し》にかねたるは

74

✣船中すべての人々から乖離して死を思う自分。一九〇七年（明治40）五月啄木は北海道へ。青森港停泊の連絡船上で故郷喪失を悲しみ、死を思った。

目《め》の前《まへ》の菓子《くわし》皿《ざら》などを
かりかりと嚙《か》みてみたくなりぬ
もどかしきかな

よく笑《わら》ふ若《わか》き男《をとこ》の
死《し》にたらば
すこしはこの世《よ》のさびしくもなれ

75

✣以下四首、脱却・脱出願望。
もどかしさからの脱却願望。

76

✣「この世」からの脱出願望。

何《なに》がなしに
息《いき》きれるまで駆《か》け出《だ》してみたくなりたり
草原《くさはら》などを

77

✣時代閉塞下のうっ屈からの脱却願望。

あたらしき背広《せびろ》など着《き》て
旅《たび》をせむ
しかく今年《ことし》も思《おも》ひ過《す》ぎたる

78

✣日常性からの脱出願望。この歌に触発され、萩原朔太郎は「ふらんすへ行きたしと思へども」にはじまる「旅上」を作った。

ことさらに燈火《ともしび》を消《け》して
まぢまぢと思《おも》ひてゐしは
わけもなきこと

79

✣以下四首、「思いつめる」四態。たあいないことを思いつめる。初出では「まぢまぢと」の後は「革命の日を思ひ続くる」。

浅草《あさくさ》の凌雲閣《りょううんかく》のいただきに
腕組《うでく》みし日《ひ》の
長《なが》き日記《にき》かな

80

✣自分の今とこれからを思いつめる。
凌雲閣は「十二階」とも呼ばれた煉瓦造りの高い建物（約五二メートル）で、浅草のシンボル。◉

81

尋常《じんじやう》のおどけならむや
ナイフ持《も》ち死《し》ぬまねをする
その顔《かほ》その顔《かほ》

✣小説を書けないことを思いつめ狂気を発した啄木は、友人金田一京助に向かってナイフを振り上げた。（「ローマ字日記」）

82

こそこその話《はなし》がやがて高《たか》くなり
ピストル鳴《な》りて
人生《じんせい》終《をは》る

✣思いつめた挙句の空想。

時《とき》ありて
子供《こども》のやうにたはむれす
恋《こひ》ある人《ひと》のなさぬ業《わざ》かな

とかくして家《いへ》を出《い》づれば
日光《につくわう》のあたたかさあり
息《いき》ふかく吸《す》ふ

83

✣以下四首、自己認識四態。自己の内部にひそむ軽薄さを認識。

84

✣家庭に明るさあたたかさを求めていることを認識。

つかれたる牛《うし》のよだれは
たらたらと
千万年《せんまんねん》も尽《つ》きざるごとし

85

✣考えることもすることもマンネリの自分を認識。

路傍《みちばた》の切石《きりいし》の上《うへ》に
腕拱《うでく》みて
空《そら》を見上《みあ》ぐる男《をとこ》ありたり

86

✣決断できないで悩む自分を他者化して認識。

何《なに》やらむ
穏《おだや》かならぬ目付《めつき》して
鶴嘴《つるはし》を打《う》つ群《むれ》を見《み》てゐる

87

✣以下四首、わが心四態。
気になる心。

心《こころ》より今日《けふ》は逃《に》げ去《さ》れり
病《やまひ》ある獣《けもの》のごとき
不平《ふへい》逃《に》げ去《さ》れり

88

✣逃げさる心。

おほどかの心来《こころきた》れり
あるくにも
腹《はら》に力《ちから》のたまるがごとし

89

✣やって来る心。

ただひとり泣《な》かまほしさに
来《き》て寝《ね》たる
宿屋《やどや》の夜具《やぐ》のこころよさかな

90

✣湧いてきた心。

友《とも》よさは
乞食《こじき》の卑《いや》しさ厭《いと》ふなかれ
餓《う》ゑたる時《とき》は我《われ》も爾《しか》りき

91

✣以下四首、餓えにまつわる記憶。
餓えたときの切なさ。

新《あたら》しきインクのにほひ
栓抜《せんぬ》けば
餓《う》ゑたる腹《はら》に沁《し》むがかなしも

92

✣触発された餓えの記憶。

93

かなしきは
喉《のど》のかわきをこらへつつ
夜寒《よざむ》の夜具《やぐ》にちぢこまる時《とき》

✣渇きと夜寒の切ない記憶。

94

一度《いちど》でも我《われ》に頭《あたま》を下《さ》げさせし
人《ひと》みな死《し》ねと
いのりてしこと

✣金を払えないなら出て行けと迫った下宿の主人たちへの、あるときの思い。

我《われ》に似《に》し友《とも》の二人《ふたり》よ
一人《ひとり》は死《し》に
一人《ひとり》は牢《らう》を出《い》でて今《いま》病《や》む

95

✣以下四首、他者の中に自分を、
自分の中に他者を見る。
友の中に自分を見る。

あまりある才《さい》を抱《いだ》きて
妻《つま》のため
おもひわづらふ友《とも》をかなしむ

96

✣友の中に自分を見る。

97

打明《うちあ》けて語《かた》りて
何《なに》か損《そん》をせしごとく思《おも》ひて
友《とも》とわかれぬ

✣友の中に自分がいなかった。

98

どんよりと
くもれる空《そら》を見《み》てゐしに
人《ひと》を殺《ころ》したくなりにけるかな

✣自分の中に（幸徳事件の）テロリストを見る。

人並《ひとなみ》の才《さい》に過《す》ぎざる
わが友《とも》の
深《ふか》き不平《ふへい》もあはれなるかな

誰《たれ》が見《み》てもとりどころなき男来《をとこき》て
威張《ゐば》りて帰《かへ》りぬ
かなしくもあるか

99

✣以下四首、見えすぎる悲しみ。友の凡庸が見える。

100

✣男の底の浅さが見える。

はたらけど
はたらけど猶《なほ》わが生活《くらし》楽《らく》にならざり
ぢつと手《て》を見《み》る

101

✣自分の貧困の中に無数の働く人たちの貧困が見える。

何《なに》もかも行末《ゆくすゑ》の事《こと》みゆるごとき
このかなしみは
拭《ぬぐ》ひあへずも

102

✣幸徳事件の被告たちの過酷な運命が見える。

とある日《ひ》に
酒《さけ》をのみたくてならぬごとく
今日《けふ》われ切《せち》に金《かね》を欲《ほ》りせり

103

水晶《すゐしやう》の玉《たま》をよろこびもてあそぶ
わがこの心《こころ》
何《なに》の心《こころ》ぞ

104

✣以下四首、心の動きの不思議。突然欲しくなる心。

✣たわいない物にもいやされる心。
「水晶」のルビ「すゐしやう」は「すいしやう」が正しい。

105

事《こと》もなく
且《か》つこころよく肥《こ》えてゆく
わがこのごろの物足《ものた》らぬかな

✣満足が不満足を生む心。

106

大《おほ》いなる水晶《すゐしやう》の玉《たま》を
ひとつ欲《ほ》し
それにむかひて物《もの》を思《おも》はむ

✣霊力が欲しくなる心。

うぬ惚《ぼ》るる友《とも》に
合槌《あひづち》うちてゐぬ
施与《ほどこし》をするごとき心《こころ》に

107

✣以下四首、遊離する心。
本心から遊離した我。

ある朝《あさ》のかなしき夢《ゆめ》のさめぎはに
鼻《はな》に入《い》り来《き》し
味噌《みそ》を煮《に》る香《か》よ

108

✣夢から現に回帰した我。

こつこつと空地《あきち》に石《いし》をきざむ音《おと》
耳《みみ》につき来《き》ぬ
家《いへ》に入《い》るまで

109

✣幻聴にとらわれた我。

何《なに》がなしに
頭《あたま》のなかに崖《がけ》ありて
日毎《ひごと》に土《つち》のくづるるごとし

110

✣幻覚も始まった我。

遠方《ゑんぱう》に電話《でんわ》の鈴《りん》の鳴《な》るごとく
今日《けふ》も耳鳴《みみな》る
かなしき日《ひ》かな

111

✣以下四首、「せつなさ」四態。日々超多忙のせつなさ。

垢《あか》じみし袷《あはせ》の襟《えり》よ
かなしくも
ふるさとの胡桃《くるみ》焼《や》くるにほひす

112

✣不意に湧いたふるさとの記憶のせつなさ。

死《し》にたくてならぬ時《とき》あり
はばかりに人目《ひとめ》を避《さ》けて
怖《こは》き顔《かほ》する

113

✣死にたくなった時のせつなさ。

一隊《いつたい》の兵《へい》を見送《みおく》りて
かなしかり
何《なに》ぞ彼等《かれら》のうれひ無《な》げなる

114

✣意志の疎通が絶無のせつなさ。

邦人《くにびと》の顔《かほ》たへがたく卑《いや》しげに
目《め》にうつる日《ひ》なり
家《いへ》にこもらむ

115

この次《つぎ》の休日《やすみ》に一日《いちにち》寝《ね》てみむと
思《おも》ひすごしぬ
三年《みとせ》このかた

116

✣以下四首、「家にこもる」。韓国併合に浮かれる日本人の顔が……。

✣家にこもって一日休養したいものだ。

或《あ》る時《とき》のわれのこころを
焼《や》きたての
麵麭《ばん》に似《に》たりと思《おも》ひけるかな

117

✣晴れやかな心だ、表に出たい（転）。

たんたらたらたんたらたらと
雨滴《あまだれ》が
痛《いた》むあたまにひびくかなしさ

118

✣頭痛で家にこもっていると……。

119

ある日《ひ》のこと
室《へや》の障子《しやうじ》をはりかへぬ
その日《ひ》はそれにて心《こころ》なごみき

✣以下四首、ある行為にひそむ
心の寸劇。
いらつく—なごむ。

120

かうしては居《を》られずと思《おも》ひ
立《た》ちにしが
戸外《おもて》に馬《うま》の嘶《いなな》きしまで

✣焦る—拍子抜け。

121

気《き》ぬけして廊下《らうか》に立《た》ちぬ
あらかに扉《ドア》を推《お》せしに
すぐ開《あ》きしかば

✣力む—拍子抜け。

122

ぢつとして
黒《くろ》はた赤《あか》のインク吸《す》ひ
堅《かた》くかわける海綿《かいめん》を見《み》る

✣見る—思い起こす。「……海綿」は集中的な思索と執筆の跡。

誰《たれ》が見《み》ても
われをなつかしくなるごとき
長《なが》き手紙《てがみ》を書《か》きたき夕《ゆふべ》

123

❖以下四首、別の自分を求める心。
孤独からの脱出願望。

うすみどり
飲《の》めば身体《からだ》が水《みづ》のごと透《す》きとほるてふ
薬《くすり》はなきか

124

❖変身願望。

125

いつも睨《にら》むランプに飽《あ》きて
三日《みか》ばかり
蠟燭《らふそく》の火《ひ》にしたしめるかな

✣気分転換の試み。

126

人間《にんげん》のつかはぬ言葉《ことば》
ひよつとして
われのみ知《し》れるごとく思《おも》ふ日《ひ》

✣「超人（ユーベルメンシュ）」の妄想。

127

あたらしき心《こころ》もとめて
名《な》も知《し》らぬ
街《まち》など今日《けふ》もさまよひて来《き》ぬ

❖以下四首、外界との親和・違和。
外界との親和を求める。

128

友《とも》がみなわれよりえらく見《み》ゆる日《ひ》よ
花《はな》を買《か》ひ来《き》て
妻《つま》としたしむ

❖外界との違和、妻との親和。

129

何《なに》すれば
此処《ここ》に我《われ》ありや
時《とき》にかく打驚《うちおどろ》きて室《へや》を眺《なが》むる

✣外界との違和感。

130

人《ひと》ありて電車《でんしゃ》のなかに唾《つば》を吐《は》く
それにも
心《こころ》いたまむとしき

✣外界との違和。

夜《よ》明《あ》けまであそびてくらす場《ば》所《しょ》が欲《ほ》し
家《いへ》をおもへば
こころ冷《つめ》たし

131

人《ひと》みなが家《いへ》を持《も》つてふかなしみよ
墓《はか》に入《い》るごとく
かへりて眠《ねむ》る

132

✣以下四首、行き場がない。家庭に居場所がない。

✣この家庭以外に行き場がない。

何《なに》かひとつ不思議《ふしぎ》を示《しめ》し
人《ひと》みなのおどろくひまに
消《き》えむと思《おも》ふ

133

✣日常生活からの脱出願望（転）。

人《ひと》といふ人《ひと》のこころに
一人《ひとり》づつ囚人《しうじん》がゐて
うめくかなしさ

134

✣利己の心（囚人）の行き場の無さ。

叱《しか》られて
わつと泣《な》き出《だ》す子供心《こどもごころ》
その心《こころ》にもなりてみたきかな

盗《ぬす》むてふことさへ悪《あ》しと思《おも》ひえぬ
心《こころ》はかなし
かくれ家《が》もなし

135

✣以下四首、やり場のない心。子供に写し出されたやり場のないわが心。

136

✣窮乏の極み。

137

放《はな》たれし女《をんな》のごときかなしみを
よわき男《をとこ》の
感《かん》ずる日《ひ》なり

✣時代閉塞下で覚醒した者の孤立感。

138

庭石《にはいし》に
はたと時計《とけい》をなげうてる
昔《むかし》のわれの怒《いか》りいとしも

✣時代閉塞下でうっ屈する自分。

顔《かほ》あかめ怒《いか》りしことが
あくる日《ひ》は
さほどにもなきをさびしがるかな

139

✣以下四首、妻をめぐって。
些事で妻に激怒した夫。

いらだてる心《こころ》よ汝《なれ》はかなしかり
いざいざ
すこし呿呻《あくび》などせむ

140

✣前日のことを反省する夫。

141

女《をなん》あり
わがいひつけに背《そむ》かじと心《こころ》を砕《くだ》く
見《み》ればかなしも

142

ふがひなき
わが日《ひ》の本《もと》の女等《をんなら》を
秋雨《あきさめ》の夜《よ》にののしりしかな

✣妻の忍従へのいとおしみ。「女」のルビ「をなん」は「をんな」の誤植。

✣妻をふくむ日本女性の忍従を批判したこともあった。◉

男《をとこ》とうまれ男《をとこ》と交《まじ》り
負《ま》けてをり
かるがゆゑにや秋《あき》が身《み》に沁《し》む

143

✣以下四首、明治四十三年秋のわが心。作家としては敗者の自覚。

わが抱《いだ》く思想《しさう》はすべて
金《かね》なきに因《いん》するごとし
秋《あき》の風《かぜ》吹《ふ》く

144

✣わがもろもろの見解（＝「思想」）の根に思い及ぶ。

くだらない小説《せうせつ》を書《か》きてよろこべる
男《をとこ》憐《あは》れなり
初秋《はつあき》の風《かぜ》

145

✣時代と切り結ぶ小説が書けない我をあざける。「小説」は、啄木最後の小説で未完の「我等の一団と彼」であろう。◉

秋《あき》の風《かぜ》
今日《けふ》よりは彼《か》のふやけたる男《をとこ》に
口《くち》を利《き》かじと思《おも》ふ

146

✣あの「ふやけたる男」およびわが内なる「ふやけたる男」との決別。◉

はても見《み》えぬ
真直《ますぐ》の街《まち》をあゆむごとき
こころを今日《けふ》は持《も》ちえたるかな

147

✣以下四首も明治四十三年秋のわが心。
『一握の砂』創造中の手応え。

何事《なにごと》も思《おも》ふことなく
いそがしく
暮《く》らせし一日《ひとひ》を忘《わす》れじと思《おも》ふ

148

✣『一握の砂』創造中の充実感。

何事《なにごと》も金《かね》金《かね》とわらひ
すこし経《へ》て
また も俄《には》かに不平《ふへい》つのり来《く》

149

❖「危険思想」が体制批判をつのらせる。

誰《た》そ我《われ》に
ピストルにても撃《う》てよかし
伊藤《いとう》のごとく死《し》にて見《み》せなむ

150

❖わが「危険思想」の果てを空想。「伊藤」は伊藤博文。一九〇九年朝鮮独立運動家アン・ジュングン（安重根）に暗殺された。◉

78

やとばかり
桂首相《かつらしゆしやう》に手《て》とられし夢《ゆめ》みて覚《さ》めぬ
秋《あき》の夜《よ》の二時《にじ》

151

✣エピローグ。冒頭の「東海の小島」の歌に照応している。◉

煙

タイトルの「煙」は夏目漱石から借りたツルゲーネフの小説、『Smoke』（英書）に由来する。

汽車の煙突から吐き出される煙は変幻自在で捉えどころがない。想念もまた数限りなく浮かぶが捉えどころがない。「煙」にはこうしたイメージが託されている。

「煙一」は盛岡中学校時代の思い出の青春をうたい、「煙二」はふるさと渋民村の恋しさと思い出をうたう。

この章の全歌は三つのタイプに分類できる。

Ⅰ　過去の体験の中へ現在の自分が入って行き、過去の中でつくった歌。（例　不来方のお城の草に寝ころびて／空に吸はれし／十五の心）

Ⅱ　具体的な事柄をもとに過去を回想し、現在に戻って今の自分または現時点を詠む歌。（例　学校の図書庫の裏の秋の草／黄なる花咲きし／今も名知らず）

Ⅲ　今または近接過去の出来事や感じたことを詠む歌。（例　ふるさとの訛なつかし／停車場の人ごみの中に／そを聴きにゆく）

ⅠとⅡは回想歌（過去をうたう歌）。Ⅲは現在をうたう歌。現在の歌と過去の歌の配置・組み合わせは「煙」のイメージに合わせてある。

一

病《やまひ》のごと
思《し》郷《きやう》のこころ湧《わ》く日《ひ》なり
目《め》にあをぞらの煙《けむり》かなしも

152

✣プロローグ。煙突から湧いては消える煙のように、心に浮かんでは消える思いをうたう章であることを暗示。◉

己《おの》が名《な》をほのかに呼《よ》びて
涙《なみだ》せし
十四《じふし》の春《はる》にかへる術《すべ》なし

153

青空《あをぞら》に消《き》えゆく煙《けむり》
さびしくも消《き》えゆく煙《けむり》
われにし似《に》るか

154

✣この見開きでは、過去→現在→過去→現在と歌が配列され、いわば過去と現在を行きつ戻りつする。

155
かの旅《たび》の汽車《きしや》の車掌《しやしやう》が
ゆくりなくも
我《わ》が中学《ちゆうがく》の友《とも》なりしかな

156
ほとばしる喞筒《ポンプ》の水《みづ》の
心地《ここち》よさよ
しばしは若《わか》きこころもて見《み》る

✣「喞筒」は「水を、高く遠く噴出するやうに仕掛けたる道具」（『日本大辞典。ことはのいつみ』）。

師《し》も友《とも》も知《し》らで責《せ》めにき
謎《なぞ》に似《に》る
わが学《がく》業《げふ》のおこたりの因《もと》

157

✣ここから（175）まではⅠとⅡの歌だけを配列し、回想の世界に遊ぶ。

教《けふ》室《しつ》の窓《まど》より遁《に》げて
ただ一人《ひとり》
かの城址《しろあと》に寝《ね》に行《ゆ》きしかな

158

✣「教」のルビ「けふ」は「けう」が正しい。

159

不来方《こずかた》のお城《しろ》の草《くさ》に寝《ね》ころびて
空《そら》に吸《す》はれし
十五《じふご》の心《こころ》

160

かなしみといはばいふべき
物《もの》の味《あぢ》
我《われ》の嘗《な》めしはあまりに早《はや》かり

✣「不来方のお城」は盛岡城の趾で、当時はたくさんの杉の大木や藪もあり、澄み切った青空の広がる草地もあった。

晴《は》れし空《そら》仰《あふ》げばいつも
口笛《くちぶえ》を吹《ふ》きたくなりて
吹《ふ》きてあそびき

161

夜《よる》寝《ね》ても口笛《くちぶえ》吹《ふ》きぬ
口笛《くちぶえ》は
十五《じふご》の我《われ》の歌《うた》にしありけり

162

よく叱《しか》る師《し》ありき
髯《ひげ》の似《に》たるより山羊《やぎ》と名《な》づけて
口《くち》真《ま》似《ね》もしき

163

われと共《とも》に
小《こ》鳥《とり》に石《いし》を投《な》げて遊《あそ》ぶ
後《こう》備《び》大《たい》尉《ゐ》の子《こ》もありしかな

164

✣「師」は盛岡中学校教諭、富田小一郎（一八五九〜一九四五）。啄木の中一から中三までの担任。あごひげなら「鬚」。◉

城址《しろあと》の
石《いし》に腰掛《こしか》け
禁制《きんせい》の木《こ》の実《み》をひとり味《あぢは》ひしこと

165

その後《のち》に我《われ》を捨《す》てし友《とも》も
あの頃《ころ》は共《とも》に書読《ふみよ》み
ともに遊《あそ》びき

166

✣「禁制の木の実」は与謝野晶子『みだれ髪』などの文学書。
◉

学校《がくかう》の図書庫《としよくら》の裏《うら》の秋《あき》の草《くさ》
黄《き》なる花《はな》咲《さ》きし
今《いま》も名《な》知《し》らず

167

花《はな》散《ち》れば
先《ま》づ人《ひと》さきに白《しろ》の服《ふく》着《き》て家《いへ》出《い》づる
我《われ》にてありしか

168

今《いま》は亡《な》き姉《あね》の恋人《こひびと》のおとうとと
なかよくせしを
かなしと思《おも》ふ

169

夏休《なつやす》み果《は》ててそのまま
かへり来《こ》ぬ
若《わか》き英語《えいご》の教師《けうし》もありき

170

ストライキ思《おも》ひ出《い》でても
今《いま》は早《は》や吾《わ》が血《ち》躍《をど》らず
ひそかに淋《さび》し

171

✣一九〇一年（明治34）三学期に盛岡中学の三、四年生が行った特定の教師たちの罷免要求運動。◉

盛岡《もりをか》の中学校《ちゆうがくかう》の
露台《バルコン》の
欄干《てすり》に最一度《もいちど》我《われ》を倚《よ》らしめ

172

✣「露台」は正面玄関の上にあった。当時の盛岡中学の写真をルーペで見るとたしかにある。

神《かみ》有《あ》りと言《い》ひ張《は》る友《とも》を
説《と》きふせし
かの路傍《みちばた》の栗《くり》の樹《き》の下《もと》

173

西風《にしかぜ》に
内丸大路《うちまるおほぢ》の桜《さくら》の葉《は》
かさこそ散《ち》るを踏《ふ》みてあそびき

174

175
そのかみの愛読《あいどく》の書《しょ》よ
大方《おほかた》は
今《いま》は流行《はや》らずなりにけるかな

176
石《いし》ひとつ
坂《さか》をくだるがごとくにも
我《われ》けふの日《ひ》に到《いた》り着《つ》きたる

✣この歌によって回想世界から現在に浮上する。ここが「煙一」の中仕切りである。

愁《うれ》ひある少年《せうねん》の眼《め》に羨《うらや》みき
小鳥《ことり》の飛《と》ぶを
飛《と》びてうたふを

177

❖これより二二首が後半の歌群。回想の歌の中にⅢの歌、つまり現在がしばしば顔を出しながら展開して行く。◉

解剖《ふわけ》せし
蚯蚓《みみづ》のいのちもかなしかり
かの校庭《かうてい》の木柵《もくさく》の下《もと》

178

❖「解剖」は「生理」の授業でおこなわれた生物の解剖。「蚯蚓」のルビ「みみづ」は「みみず」が正しい。◉

かぎりなき智識《ちしき》の欲《よく》に燃《も》ゆる眼《め》を
姉《あね》は傷《いた》みき
人《ひと》恋《こ》ふるかと

179

蘇《そ》峯《ほう》の書《しよ》を我《われ》に薦《すす》めし友《とも》早《はや》く
校《かう》を退《しりぞ》きぬ
まづしさのため

180

✣「校を退きぬ」はこの場合、上級学校への進学をあきらめた、の意。◉

おどけたる手《て》つきをかしと
我《われ》のみはいつも笑《わら》ひき
博学《はくがく》の師《し》を

181

自《し》が才《さい》に身《み》をあやまちし人《ひと》のこと
かたりきかせし
師《し》もありしかな

182

そのかみの学校《がくかう》一《いち》のなまけ者《もの》
今《いま》は真面目《まじめ》に
はたらきて居《を》り

183

✣「学校一のなまけ者」は啄木自身。◉

田舎《ゐなか》めく旅《たび》の姿《すがた》を
三日《みか》ばかり都《みやこ》に曝《さら》し
かへる友《とも》かな

184

茨島《ばらじま》の松《まつ》の並木《なみき》の街道《かいだう》を
われと行《ゆ》きし少女《をとめ》
才《さい》をたのみき

185

眼《め》を病《や》みて黒《くろ》き眼鏡《めがね》をかけし頃《ころ》
その頃《ころ》よ
一人《ひとり》泣《な》くをおぼえし

186

わがこころ
けふもひそかに泣《な》かむとす
友《とも》みな己《おの》が道《みち》をあゆめり

187

先《さき》んじて恋《こひ》のあまさと
かなしさを知《し》りし我《われ》なり
先《さき》んじて老《お》ゆ

188

✣中学五年の夏休みに恋人堀合節子と三夜を共にし、一七歳で婚約。一九歳で結婚。以後、世の辛酸をなめる。

興《きやう》来《きた》れば
友《とも》なみだ垂《た》れ手《て》を揮《ふ》りて
酔漢《ゑひどれ》のごとくなりて語《かた》りき

189

人《ひと》ごみの中《なか》をわけ来《く》る
わが友《とも》の
むかしながらの太《ふと》き杖《つゑ》かな

190

見《み》よげなる年《ねん》賀《が》の文《ふみ》を書《か》く人《ひと》と
おもひ過《す》ぎにき
三《み》年《とせ》ばかりは

191

夢《ゆめ》さめてふつと悲《かな》しむ
わが眠《ねむ》り
昔《むかし》のごとく安《やす》からぬかな

192

そのむかし秀才《しうさい》の名《な》の高《たか》かりし
友牢《ともらう》にあり
秋《あき》のかぜ吹《ふ》く

193

近眼《ちかめ》にて
おどけし歌《うた》をよみ出《い》でし
茂雄《しげを》の恋《こひ》もかなしかりしか

194

✣「茂雄」は小林茂雄。盛岡中学の一年後輩。啄木の崇拝者でもある文学仲間。啄木の妹・光子に恋心を寄せていた。

わが妻《つま》のむかしの願《ねが》ひ
音楽《おんがく》のことにかかりき
今《いま》はうたはず

195

友《とも》はみな或《ある》日《ひ》四方《しはう》に散《ち》り行《ゆ》きぬ
その後《のち》八《や》年《とせ》
名《な》挙《あ》げしもなし

196

わが恋《こひ》を
はじめて友《とも》にうち明《あ》けし夜《よる》のことなど
思《おも》ひ出《い》づる日《ひ》

197

糸《いと》きれし紙鳶《たこ》のごとくに
若《わか》き日《ひ》の心《こころ》かろくも
とびさりしかな

198

❖この歌で現在に浮上する。「煙一」のエピローグ。◉

二

ふるさとの訛《なまり》なつかし
停車場《ていしやば》の人《ひと》ごみの中《なか》に
そを聴《そ》きにゆく

199

✣この節のプロローグ。「停車場」は東北地方への玄関口、上野駅。以下一七首（*215*まで）が第一の歌群。◉

やまひある獣《けもの》のごとき
わがこころ
ふるさとのこと聞《き》けばおとなし

200

ふと思《おも》ふ
ふるさとにゐて日毎《ひごと》聴《き》きし雀《すずめ》の鳴《な》くを
三年《みとせ》聴《き》かざり

201

亡《な》くなれる師《し》がその昔《むかし》
たまひたる
地理《ちり》の本《ほん》など取《と》りいでて見《み》る

201

その昔《むかし》
小学校《せうがくかう》の柾屋根《まさやね》に我《わ》が投《な》げし鞠《まり》
いかになりけむ

203

ふるさとの
かの路傍《みちばた》のすて石《いし》よ
今年《ことし》も草《くさ》に埋《うづ》もれしらむ

204

わかれをれば妹《いもと》いとしも
赤《あか》き緒《を》の
下駄《げた》など欲《ほ》しとわめく子《こ》なりし

205

二日前《ふつかまへ》に山《やま》の絵見《ゑみ》しが
今朝《けさ》になりて
にはかに恋《こひ》しふるさとの山《やま》

206

飴売《あめうり》のチヤルメラ聴《き》けば
うしなひし
をさなき心《こころ》ひろへるごとし

207

このごろは
母《はは》も時時《ときどき》ふるさとのことを言《い》ひ出《い》づ
秋《あき》に入《い》れるなり

208

それとなく
郷里《くに》のことなど語《かた》り出《い》でて
秋《あき》の夜《よ》に焼《や》く餅《もち》のにほひかな

209

かにかくに渋民村《しぶたみむら》は恋《こひ》しかり
おもひでの山《やま》
おもひでの川《かは》

210

✣「かにかくに」は「いろいろと」の意味。◉

田《た》も畑《はた》も売《う》りて酒《さけ》のみ
ほろびゆくふるさと人《びと》に
心寄《こころよ》する日《ひ》

211

あはれかの我《われ》の教《をし》へし
子等《こら》もまた
やがてふるさとを棄《す》てて出《い》づるらむ

212

ふるさとを出《い》で来《き》し子等《こら》の
相《あひ》会《あ》ひて
よろこぶにまさるかなしみはなし

213

✣「子等」の未来に「長い劇（はげ）しい労苦」（啄木）の都会生活を見、かれらも思郷の思いに身を焼くことになるだろう、とうたう。

石《いし》をもて追《お》はるるごとく
ふるさとを出《い》でしかなしみ
消《き》ゆる時《とき》なし

214

やはらかに柳《やなぎ》あをめる
北上《きたかみ》の岸辺《きしべ》目《め》に見《み》ゆ
泣《な》けとごとくに

215

✣最初の中仕切りである。思郷の切なさを美しい韻律でうたいあげる。◉

ふるさとの
村医《そんい》の妻《つま》のつつましき櫛巻《くしまき》なども
なつかしきかな

216

かの村《むら》の登記所《とうきしよ》に来《き》て
肺病《はいや》みて
間《ま》もなく死《し》にし男《をとこ》もありき

217

✣これより二〇首（235まで）が第二の歌群。ここから深く回想の世界に沈む。◉

218

小学《せうがく》の首席《しゆせき》を我《われ》と争《あらそ》ひし
友《とも》のいとなむ
木賃宿《きちんやど》かな

✣「友」は次の歌にも出てくる工藤千代治。啄木より四歳年長。◉

219

千代治《ちよぢ》等《ら》も長《ちやう》じて恋《こひ》し
子《こ》を挙《あ》げぬ
わが旅《たび》にしてなせしごとくに

ある年《とし》の盆《ぼん》の祭《まつり》に
衣貸《きぬか》さむ踊《をど》れと言《い》ひし
女《をんな》を思《おも》ふ

220

うすのろの兄《あに》と
不具《かたわ》の父《ちち》もてる三太《さんた》はかなし
夜《よる》も書読《ふみよ》む

221

✣「不具」のルビ「かたわ」は「かたは」が正しい。

我《われ》と共《とも》に
栗毛《くりげ》の仔馬《こうま》走《はし》らせし
母《はは》の無《な》き子《こ》の盗癖《ぬすみぐせ》かな

222

大形《おほがた》の被布《ひふ》の模様《もやう》の赤《あか》き花《はな》
今《いま》も目《め》に見《み》ゆ
六歳《むつ》の日《ひ》の恋《こひ》

223

✣「被布」は羽織に似ておくみの合せめが深く、襟もとを四角にあけた衣服。僧・女性などが着物の上に着用する。

その名《な》さへ忘《わす》られし頃《ころ》
飄然《へうぜん》とふるさとに来《き》て
咳《せき》せし男《をとこ》

224

意《い》地《ぢ》悪《わる》の大《だい》工《く》の子《こ》などもかなしかり
戦《いくさ》に出《い》でしが
生《い》きてかへらず

225

肺《はい》を病《や》む
極道《ごくだう》地主《ぢぬし》の総領《そうりやう》の
よめとりの日《ひ》の春《はる》の雷《らい》かな

226

宗次郎《そうじろ》に
おかねが泣《な》きて口説《くど》き居《を》り
大根《だいこん》の花白《はなしろ》きゆふぐれ

227

小心《せうしん》の役場《やくば》の書記《しよき》の
気《き》の狂《ふ》れし噂《うはさ》に立《た》てる
ふるさとの秋《あき》

228

わが従兄《いとこ》
野山《のやま》の猟《かり》に飽《あ》きし後《のち》
酒《さけ》のみ家《いへ》売《う》り病《や》みて死《し》にしかな

229

我《われ》ゆきて手《て》をとれば
泣《な》きてしづまりき
酔《ゑ》ひて荒《あば》れしそのかみの友《とも》

230

酒《さけ》のめば
刀《かたな》をぬきて妻《つま》を逐《お》ふ教師《けうし》もありき
村《むら》を逐《お》はれき

231

年《とし》ごとに肺病《はいびやう》やみの殖《ふ》えてゆく
村《むら》に迎《むか》へし
若《わか》き医《い》者《しや》かな

232

✣「肺病」は産業革命期の国々の都市で蔓延した。とくに日本では都市と農村を循環して蔓延した。

ほたる狩《がり》
川《かは》にゆかむといふ我《われ》を
山路《やまぢ》にさそふ人《ひと》にてありき

233

馬鈴薯《ばれいしょ》のうす紫《むらさき》の花《はな》に降《ふ》る
雨《あめ》を思《おも》へり
都《みやこ》の雨《あめ》に

234

あはれ我《わ》がノスタルジヤは
金《きん》のごと
心《こころ》に照《て》れり清《きよ》くしみらに

235

✣第二の歌群の中仕切りとなるふるさと賛歌。「しみらに」は、すきまもなくぎっしりと。

236

友《とも》として遊《あそ》ぶものなき
性悪《しやうわる》の巡査《じゆんさ》の子等《こら》も
あはれなりけり

✣これより一七首(252まで)が、第三の歌群。◉

237

閑古鳥《かんこどり》
鳴《な》く日《ひ》となれば起《おこ》るてふ
友《とも》のやまひのいかになりけむ

238

わが思《おも》ふこと
おほかたは正《ただ》しかり
ふるさとのたより着《つ》ける朝《あした》は

239

今日《けふ》聞《き》けば
かの幸《さち》うすきやもめ人《びと》
きたなき恋《こひ》に身《み》を入《い》るるてふ

わがために
なやめる魂《たま》をしづめよと
讃美《さんび》歌《か》うたふ人《ひと》ありしかな

240

✣以下四首、上野さめ子をうたう。上野は、啄木より三歳年上の渋民小での同僚・よき話し相手。

あはれかの男《をとこ》のごときたましひよ
今《いま》は何処《いづこ》に
何《なに》を思《おも》ふや

241

わが庭《には》の白《しろ》き躑躅《つつじ》を
薄月《うすづき》の夜《よ》に
折《を》りゆきしことな忘《わす》れそ

242

わが村《むら》に
初《はじ》めてイエス・クリストの道《みち》を説《と》きたる
若《わか》き女《をんな》かな

243

244

霧《きり》ふかき好摩《かうま》の原《はら》の
停車場《ていしやば》の
朝《あさ》の虫《むし》こそすずろなりけれ

✣「すすろ」は「すずろ」の誤植。
◉「すずろなり」は思いがけない、の意味として使ったか。

245

汽車《きしや》の窓《まど》
はるかに北《きた》にふるさとの山《やま》見《み》え来《く》れば
襟《えり》を正《ただ》すも

✣以下八首は帰郷の物語。236の〈補注〉参照。

ふるさとの土《つち》をわが踏《ふ》めば
何《なに》がなしに足《あし》軽《かろ》くなり
心《こころ》重《おも》れり

246

ふるさとに入《い》りて先《ま》づ心《こころ》傷《いた》むかな
道《みち》広《ひろ》くなり
橋《はし》もあたらし

247

見《み》もしらぬ女教師《をんなけうし》が
そのかみの
わが学舎《まなびや》の窓《まど》に立《た》てるかな

248

かの家《いへ》のかの窓《まど》にこそ
春《はる》の夜《よ》を
秀子《ひでこ》とともに蛙《かはづ》聴《き》きけれ

249

そのかみの神童《しんどう》の名《な》の
かなしさよ
ふるさとに来《き》て泣《な》くはそのこと

250

ふるさとの停《てい》車《しや》場《ば》路《みち》の
川《かは》ばたの
胡桃《くるみ》の下《した》に小《こ》石《いし》拾《ひろ》へり

251

ふるさとの山《やま》に向《むか》ひて
言《い》ふことなし
ふるさとの山《やま》はありがたきかな

252

✣エピローグ。故郷に心をつなぐべく「訛」を聴きに行った啄木の魂は、今ふるさとの山に向かって、感無量である。

秋風のこころよさに

〈「秋風のこころよさに」は明治四十一年秋の紀念なり〉と啄木自身が小序に記している。一九〇八年（明治41）秋、下宿を追い出されそうになった啄木は金田一京助の友情に救われ、秋と冬の食と住を確保できた。窮迫の秋を安堵の秋としてくれた金田一への感謝を捧げた章である。

タイトルに案内されてこの章を読んで行くと全五一首はすべて秋の歌のように感じてしまうが、実のところ秋の歌は半分も無いのである。

全五一首は最初の一八首、次の一六首、第三の一七首の三グループに分けることができる。その第一のグループと第三のグループに秋の歌を多く入れることによって、全歌が秋色に染まって見えるように編集されている。

ふるさとの空遠《そらとほ》みかも
高《たか》き屋《や》にひとりのぼりて
愁《うれ》ひて下《くだ》る

253

❖「遠みかも」は「遠いからだろうかなあ」。異郷（東京）での秋の愁いをうたう。◉

皎《かう》として玉《たま》をあざむく小人《せうじん》も
秋来《あきく》といふに
物《もの》を思《おも》へり

254

かなしきは
秋風《あきかぜ》ぞかし
稀《まれ》にのみ湧《わ》きし涙《なみだ》の繋《しじ》に流《なが》るる

255

青《あを》に透《す》く
かなしみの玉《たま》に枕《まくら》して
松《まつ》のひびきを夜《よ》もすがら聴《き》く

256

神《かみ》寂《さ》びし七山《ななやま》の杉《すぎ》
火《ひ》のごとく染《そ》めて日《ひ》入《い》りぬ
静《しづ》かなるかな

257

そを読《よ》めば
愁《うれ》ひ知《し》るといふ書《ふみ》焚《た》ける
いにしへ人《びと》の心《こころ》よろしも

258

ものなべてうらはかなげに
暮《く》れゆきぬ
とりあつめたる悲《かな》しみの日《ひ》は

259

水潦《みづたまり》
暮《く》れゆく空《そら》とくれなゐの紐《ひも》を浮《うか》べぬ
秋雨《あきさめ》の後《のち》

260

秋《あき》立《た》つは水《みづ》にかも似《に》る
洗《あら》はれて
思《おも》ひことごと新《あたら》しくなる

261

愁《うれ》ひ来《き》て
丘《をか》にのぼれば
名《な》も知《し》らぬ鳥《とり》啄《ついば》めり赤《あか》き茨《ばら》の実《み》

262

✣蕪村の「愁ひつつ岡にのぼれば花いばら」や白秋の詩「断章」中の一編をふまえている。

秋《あき》の辻《つじ》
四《よ》すぢの路《みち》の三《み》すぢへと吹《ふ》きゆく風《かぜ》の
あと見《み》えずかも

263

秋《あき》の声《こゑ》まづいち早《はや》く耳《みみ》に入《い》る
かかる性《さが》持《も》つ
かなしむべかり

264

✣最初の一行は、中唐の詩人劉禹錫の「秋風引」をふまえている。◉

265

目《め》になれし山《やま》にはあれど
秋《あき》来《く》れば
神《かみ》や住《す》まむとかしこみて見《み》る

✣啄木の山に対する感情には修験道の影響がありそうである。◉

266

わが為《な》さむこと世《よ》に尽《つ》きて
長《なが》き日《ひ》を
かくしもあはれ物《もの》を思《おも》ふか

さらさらと雨《あめ》落《お》ち来《きた》り
庭《には》の面《も》の濡《ぬ》れゆくを見《み》て
涙《なみだ》わすれぬ

267

ふるさとの寺《てら》の御廊《みらう》に
踏《ふ》みにける
小櫛《をぐし》の蝶《てふ》を夢《ゆめ》にみしかな

268

こころみに
いとけなき日《ひ》の我《われ》となり
物《もの》言《い》ひてみむ人《ひと》あれと思《おも》ふ

269

はたはたと黍《きび》の葉《は》鳴《な》れる
ふるさとの軒《のき》端《ば》なつかし
秋《あき》風《かぜ》吹《ふ》けば

270

✣ここまでが第一グループ。一八首のうち秋の歌は一〇首である。しかし残り八首も秋色に染まっている。

摩《す》れあへる肩《かた》のひまより
はつかにも見《み》きといふさへ
日記《にき》に残《のこ》れり

271

✣この年の夏、啄木は金田一や吉井勇と夜の本郷通りで、美人を見つけると後をつける「好き歩き」を楽しんだ。

風流男《みやびを》は今《いま》も昔《むかし》も
泡雪《あわゆき》の
玉手《たまで》さし捲《ま》く夜《よ》にし老《お》ゆらし

272

かりそめに忘《わす》れても見《み》まし
石《いし》だたみ
春《はる》生《お》ふる草《くさ》に埋《うも》るるがごと

273

その昔《むかし》揺《ゆり》籃《かご》に寝《ね》て
あまたたび夢《ゆめ》にみし人《ひと》か
切《せち》になつかし

274

神無月《かみなづき》
岩手《いはて》の山《やま》の
初雪《はつゆき》の眉《まゆ》にせましり朝《あさ》を思《おも》ひぬ

275

ひでり雨《あめ》さらさら落《お》ちて
前栽《せんざい》の
萩《はぎ》のすこしく乱《みだ》れたるかな

276

✣「せましり」は「せまりし」の誤植。

秋《あき》の空《そら》廓寥《くわくれう》として影《かげ》もなし
あまりにさびし
烏《からす》など飛《と》べ

277

雨《う》後《ご》の月《つき》
ほどよく濡《ぬ》れし屋《や》根《ね》瓦《がはら》の
そのところどころ光《ひか》るかなしさ

278

われ饑《う》ゑてある日《ひ》に
細《ほそ》き尾《を》を掉《ふ》りて
饑《う》ゑて我《われ》を見《み》る犬《いぬ》の面《つら》よし

279

いつしかに
泣《な》くといふこと忘《わす》れたる
我《われ》泣《な》かしむる人《ひと》のあらじか

280

汪然《わうぜん》として
ああ酒《さけ》のかなしみぞ我《われ》に来《きた》れる
立《た》ちて舞《ま》ひなむ

281

蛼《いとど》鳴《な》く
そのかたはらの石《いし》に踞《きよ》し
泣《な》き笑《わら》ひしてひとり物《もの》言《い》ふ

282

✣「蛼」はカマドウマだが、ここはコオロギであろう。

力《ちから》なく病《や》みし頃《ころ》より
口《くち》すこし開《あ》きて眠《ねむ》るが
癖《くせ》となりにき

283

人《ひと》ひとり得《う》るに過《す》ぎざる事《こと》をもて
大願《たいぐわん》とせし
若《わか》きあやまち

284

物怨《ものゑ》ずる
そのやはらかき上目《うはめ》をば
愛《め》づとことさらつれなくせむや

285

かくばかり熱《あつ》き涙《なみだ》は
初恋《はつこひ》の日《ひ》にもありきと
泣《な》く日《ひ》またなし

286

✣ここまでが第二グループ。十六首のうち秋の歌は四首だけ。しかし編集がたくみなのでどの歌も秋の感じになる。

長《なが》く長《なが》く忘《わす》れし友《とも》に
会《あ》ふごとき
よろこびをもて水《みづ》の音《おと》聴《き》く

287

秋《あき》の夜《よ》の
鋼鉄《はがね》の色《いろ》の大空《おほぞら》に
火《ひ》を噴《は》く山《やま》もあれなど思《おも》ふ

288

岩手山《いはてやま》
秋《あき》はふもとの三方《さんぱう》の
野《の》に満《み》つる虫《むし》を何《なに》と聴《き》くらむ

289

父《ちち》のごと秋《あき》はいかめし
母《はは》のごと秋《あき》はなつかし
家持《いへも》たぬ児《こ》に

290

秋《あき》来《く》れば
恋《こ》ふる心《こころ》のいとまなさよ
夜《よ》もい寝《ね》がてに雁《かり》多《おほ》く聴《き》く

291

長月《ながつき》も半《なか》ばになりぬ
いつまでか
かくも幼《をさな》く打《うち》出《い》でずあらむ

292

✣三行目は源氏物語少女の巻で、雲居の雁が愛する夕霧と隔てられ、雁を聞きつつ嘆く場面が踏まえられている。

293
思《おも》ふてふこと言《い》はぬ人《ひと》の
おくり来《き》し
忘《わす》れな草《ぐさ》もいちじろかりし

294
秋《あき》の雨《あめ》に逆《さか》反《ぞ》りやすき弓《ゆみ》のごと
このごろ
君《きみ》のしたしまぬかな

松《まつ》の風《かぜ》夜《よ》昼《ひる》ひびきぬ
人訪《ひとと》はぬ山《やま》の祠《ほこら》の
石馬《いしうま》の耳《みみ》に

295

ほのかなる朽木《くちき》の香《かを》り
そがなかの蕈《たけ》の香《かを》りに
秋《あき》やや深《ふか》し

296

時雨《しぐれ》降《ふ》るごとき音《おと》して
木伝《こづた》ひぬ
人《ひと》によく似《に》し森《もり》の猿《さる》ども

297

森《もり》の奥《おく》
遠《とほ》きひびきす
木《き》のうろに臼《うす》ひく侏儒《しゆじゆ》の国《くに》にかも来《き》し

298

✣「侏儒」はこびと。

299

世《よ》のはじめ
まづ森《もり》ありて
半神《はんしん》の人《ひと》そが中《なか》に火《ひ》や守《まも》りけむ

300

はてもなく砂《すな》うちつづく
戈壁《ゴビ》の野《の》に住《す》みたまふ神《かみ》は
秋《あき》の神《かみ》かも

あめつちに
わが悲《かな》しみと月光《げつくわう》と
あまねき秋《あき》の夜《よ》となれりけり

301

✣「あまねき」は「「すみずみにまで行きわたる」の意味。◉

うらがなしき
夜《よる》の物《もの》の音《ね》洩《も》れ来《く》るを
拾《ひろ》ふがごとくさまよひ行《ゆ》きぬ

302

旅《たび》の子《こ》の
ふるさとに来《き》て眠《ねむ》るがに
げに静《しづ》かにも冬《ふゆ》の来《き》しかな

303

✣エピローグ。金田一京助のおかげで、安堵して冬を迎えられた喜びがしみじみと表出している。◉

忘れがたき人人

国木田独歩の名作「忘れえぬ人々」を踏まえたタイトル。北海道を漂泊した一年間に出会った人たちをうたっている。この章には、啄木の編集・割付の巧緻の限りが尽くされている。

プロローグとエピローグの間におかれた「忘れがたき人人　一」の一〇九首は、渋民村退去から釧路を去るまで（一九〇七年五月〜〇八年四月）をうたう。時間的順序を熟慮した配置がなされている。

友人など同一人物（男性）をうたった歌は最多でも三首で、その場合は見開きの二・三・四首目の位置に置かれている。この人物が前後の人物と混同されないよう、次のページの一首目には切断を示す歌が置かれている。また、函館・札幌・小樽・釧路の各歌群の冒頭にはその地名入りの歌を配し、歌の舞台が明示されている。

「忘れがたき人人　二」の二二首は、すべて函館区弥生尋常小学校代用教員時代の同僚・橘智恵子に捧げられた。啄木はここにこめた愛を知ってもらうべく、智恵子に『一握の砂』を送った。歌集が恋文になったのである。

ちなみに智恵子は当時、明治二二年生まれの二二歳であった。

一

潮《しほ》かをる北《きた》の浜辺《はまべ》の
砂山《すなやま》のかの浜薔薇《はまなす》よ
今年《ことし》も咲《さ》けるや

304

✣プロローグ。北海道に住む「忘れがたき人人」への親愛と北海道の大地への懐かしさをこめてうたう。

たのみつる年《とし》の若《わか》さを数《かぞ》へみて
指《ゆび》を見《み》つめて
旅《たび》がいやになりき

305

三《み》度《たび》ほど
汽《き》車《しや》の窓《まど》よりながめたる町《まち》の名《な》なども
したしかりけり

306

✣これより二首、好摩ー青森間の歌。

✣「町の名」、たとえば「剣吉（ケンヨシ）」、「乙供（オットモ）」、「野内（ノナイ）」。

307
函館《はこだて》の床屋《とこや》の弟子《でし》を
おもひ出《い》でぬ
耳剃《みみそ》らせるがこころよかりし

308
わがあとを追《お》ひ来《き》て
知《し》れる人《ひと》もなき
辺土《へんど》に住《す》みし母《はは》と妻《つま》かな

✣「函館」の地名が出て以下332まで、函館の歌。

船《ふね》に酔《ゑ》ひてやさしくなれる
いもうとの眼《め》見《み》ゆ
津軽《つがる》の海《うみ》を思《おも》へば

309

目《め》を閉《と》ぢて
傷心《しやうしん》の句《く》を誦《ず》してゐし
友《とも》の手《て》紙《がみ》のおどけ悲《かな》しも

310

をさなき時《とき》
橋《はし》の欄干《らんかん》に糞塗《くそぬ》りし
話《はなし》も友《とも》はかなしみてしき

311

おそらくは生涯《しやうがい》妻《つま》をむかへじと
わらひし友《とも》よ
今《いま》もめとらず

312

✣以上三首、函館の苜蓿社（ぼくしゅくしゃ）同人で、同年の親友・岩崎正をうたう。◉

あはれかの
眼鏡《めがね》の縁《ふち》をさびしげに光《ひか》らせてゐし
女教師《をんなけうし》よ

313

✣切断の歌。この歌で前ページの友（岩崎）と次の友（松岡）の混同を避ける。切断の歌はどの章でも活用される。

友《とも》われに飯《めし》を与《あた》へき
その友《とも》に背《そむ》きし我《われ》の
性《さが》のかなしさ

314

✣「友」は啄木が函館に住めるように橋渡しをした松岡蕗堂。

函館《はこだて》の青柳町《あをやぎちやう》こそかなしけれ
友《とも》の恋歌《こひうた》
矢《や》ぐるまの花《はな》

315

＊啄木は青柳町に住んだ。「かなし」は「愛（かな）し」で、切なくなるほど懐かしいの意。流暢な字余り歌。

ふるさとの
麦《むぎ》のかをりを懐《なつ》かしむ
女《をんな》の眉《まゆ》にこころひかれき

316

あたらしき洋書《やうしよ》の紙《かみ》の
香《か》をかぎて
一途《いちづ》に金《かね》を欲《ほ》しと思《おも》ひしが

317

しらなみの寄《よ》せて騒《さわ》げる
函館《はこだて》の大森浜《おほもりはま》に
思《おも》ひしことども

318

✣盛岡中学では英語の授業をさぼったが、中退後は英書をたくさん読み、西洋の新知識を摂取した。

朝《あさ》な朝《あさ》な
支那《しな》の俗歌《ぞくか》をうたひ出《い》づる
まくら時計《どけい》を愛《め》でしかなしみ

319

漂泊《へうはく》の愁《うれ》ひを叙《じよ》して成《な》らざりし
草稿《さうかう》の字《じ》の
読《よ》みがたさかな

320

いくたびか死《し》なむとしては
死《し》なざりし
わが来《こ》しかたのをかしく悲《かな》し
321

函館《はこだて》の臥牛《ぐわぎう》の山《やま》の半腹《はんぷく》の
碑《ひ》の漢詩《からうた》も
なかば忘《わす》れぬ
322

むやむやと
口《くち》の中《うち》にてたふとげの事《こと》を呟《つぶや》く
乞食《こじき》もありき

323

とるに足《た》らぬ男《をとこ》と思《おも》へと言《い》ふごとく
山《やま》に入《い》りにき
神《かみ》のごとき友《とも》

324

✣同じ頁の右に乞食の歌、左に「神のごとき友」の歌を配置している。この友は大島経男（号・流人）。◉

巻《まき》煙草《たばこ》口《くち》にくはへて
浪《なみ》あらき
磯《いそ》の夜霧《よぎり》に立《た》ちし女《をんな》よ

325

❖切断の歌。

演習《えんしふ》のひまにわざわざ
汽車《きしや》に乗《の》りて
訪《と》ひ来《き》し友《とも》とのめる酒《さけ》かな

326

大川《おほかは》の水《みづ》の面《おもて》を見《み》るごとに
郁雨《いくう》よ
君《きみ》のなやみを思《おも》ふ

327

智慧《ちゑ》とその深《ふか》き慈悲《じひ》とを
もちあぐみ
為《な》すこともなく友《とも》は遊《あそ》べり

328

✣「大川」は隅田川。

✣以上三首宮崎大四郎（郁雨）をうたう。郁雨は啄木より一歳年長の苜蓿社同人。◉

こころざし得《え》ぬ人人《ひとびと》の
あつまりて酒《さけ》のむ場所《ばしょ》が
我《わ》が家《いへ》なりしかな

329

✣切断の歌。

かなしめば高《たか》く笑《わら》ひき
酒《さけ》をもて
悶《もん》を解《げ》すといふ年上《としうへ》の友《とも》

330

331
若《わか》くして
数人《すにん》の父《ちち》となりし友《とも》
子《こ》なきがごとく酔《ゑ》へばうたひき

332
さりげなき高《たか》き笑《わら》ひが
酒《さけ》とともに
我《わ》が腸《はらわた》に沁《し》みにけらしな

✣以上三首、吉野章三をうたう。吉野は啄木より五歳年長の苜蓿社同人で小学校教員だった。◉

欠《あく》伸《び》噛《か》み
夜《よ》汽《ぎ》車《しゃ》の窓《まど》に別《わか》れたる
別《わか》れが今《いま》は物《もの》足《た》らぬかな

雨《あめ》に濡《ぬ》れし夜《よ》汽《ぎ》車《しゃ》の窓《まど》に
映《うつ》りたる
山《やま》間《あひ》の町《まち》のともしびの色《いろ》

333

✣以下四首、函館から札幌へ向かう夜汽車の歌。一九〇七年（明治40）九月一三日函館一九時発池田行きに乗った。

334

✣汽車は黒松内・目名・蘭越といったあたりを走っている。「ともしび」は石油ランプの光。

雨《あめ》つよく降《ふ》る夜《よ》の汽車《きしや》の
たえまなく雫《しづく》流《なが》るる
窓《まど》硝子《ガラス》かな

335

真夜中《まよなか》の
倶知安駅《くちあんえき》に下《お》りゆきし
女《をんな》の鬢《びん》の古《ふる》き痍《きず》あと

336

✣車内は明滅するランプのうす明かりのみ。倶知安（読む時はクッチャン）駅に汽車が停まったのは午前二時ころ。

札幌《さつぽろ》に
かの秋《あき》われの持《も》てゆきし
しかして今《いま》も持《も》てるかなしみ

337

✣「札幌」の地名が出て以下四首、札幌の歌。

アカシヤの街樾《なみき》にポプラに
秋《あき》の風《かぜ》
吹《ふ》くがかなしと日記《にき》に残《のこ》れり

338

✣アカシアとポプラは唱歌や歌謡曲でうたわれるようになるが、それらの始発点にこの歌がある。

しんとして幅広《はばひろ》き街《まち》の
秋《あき》の夜《よ》の
玉蜀黍《たうもろこし》の焼《や》くるにほひよ

339

わが宿《やど》の姉《あね》と妹《いもと》のいさかひに
初夜《しよや》過《す》ぎゆきし
札幌《さつぽろ》の雨《あめ》

340

✣当時あちこちにやきとうもろこし（タレはつけない）の露店があった。

✣「初夜」は「初更」のことで今の午後七時から九時ごろ。

石狩《いしかり》の美国《びくに》といへる停車場《ていしやば》の
柵《さく》に乾《ほ》してありし
赤《あか》き布片《きれ》かな

341

✣一九〇七年九月、札幌から小樽に赴任した。札樽間に「美国」駅はない。歌が指しているのは「琴似（コトニ）」駅。

かなしきは小樽《をたる》の町《まち》よ
歌《うた》ふこともなき人人《ひとびと》の
声《こゑ》の荒《あら》さよ

342

✣「小樽」の地名が出て以下一九首（*360*まで）小樽の歌。
◉

343

泣《な》くがごと首《くび》ふるはせて
手《て》の相《さう》を見《み》せよといひし
易者《えきしや》もありき

344

いささかの銭《ぜに》借《か》りてゆきし
わが友《とも》の
後姿《うしろすがた》の肩《かた》の雪《ゆき》かな

✣「友」は野口雨情。小樽日報で同僚だった。

世《よ》わたりの拙《つたな》きことを
ひそかにも
誇《ほこ》りとしたる我《われ》にやはあらぬ

345

✣以下二首は小樽日報主筆の排斥運動をめぐる歌。隠謀はまず社外で行った。三年後その自分にあきれ反省している。

汝《な》が痩《や》せしからだはすべて
謀《む》叛《ほん》気《ぎ》のかたまりなりと
いはれてしこと

346

かの年《とし》のかの新聞《しんぶん》の
初雪《はつゆき》の記事《きじ》を書《か》きしは
我《われ》なりしかな

347

✣以下六首は小樽日報社内における主筆排斥隠謀にまつわる歌（巻末の啄木略伝参照）。

椅子《いす》をもて我《われ》を撃《う》たむと身構《みがま》へし
かの友《とも》の酔《ゑ》ひも
今《いま》は醒《さ》めつらむ

348

✣啄木らの隠謀に対して社内の一部に激しい敵意が渦巻いた。その一つの現れ。

負《ま》けたるも我《われ》にてありき
あらそひの因《もと》も我《われ》なりしと
今《いま》は思《おも》へり

殴《なぐ》らむといふに
殴《なぐ》れとつめよせし
昔《むかし》の我《われ》のいとほしきかな

349

✣切断の歌。

350

✣以下三首、主筆岩泉泰（江東）のことをうたう。

汝《なれ》三度《みたび》
この咽喉《のど》に剣《けん》を擬《ぎ》したりと
彼《かれ》告別《こくべつ》の辞《じ》に言《い》へりけり

351

あらそひて
いたく憎《にく》みて別《わか》れたる
友《とも》をなつかしく思《おも》ふ日《ひ》も来《き》ぬ

352

✣「汝」は啄木を指す。主筆は社を去る際、「告別の辞」で啄木に対してこう言ったのである。

あはれかの眉《まゆ》の秀《ひい》でし少《せう》年《ねん》よ
弟《おとうと》と呼《よ》べば
はつかに笑《ゑ》みしが

353

わが妻《つま》に着《き》物《もの》縫《ぬ》はせし友《とも》ありし
冬《ふゆ》早《はや》く来《く》る
植民《しょくみん》地《ち》かな

354

✣文学どころではない小樽であったが、啄木に憧れる二人の文学少年がいた。その一人、高田治作（紅花・紅果）をうたう。

平手《ひらて》もて
吹雪《ふぶき》にぬれし顔《かほ》を拭《ふ》く
友《とも》共産《きようさん》を主義《しゆぎ》とせりけり

355

酒《さけ》のめば鬼《おに》のごとくに青《あを》かりし
大《おほ》いなる顔《かほ》よ
かなしき顔《かほ》よ

356

✣以上三首、小国露堂をうたう。露堂は岩手県宮古出身の新聞人。啄木の八歳年長で、思想面で重要な影響を与えた。

樺太《からふと》に入《い》りて
新《あたら》しき宗教《しうけう》を創《はじ》めむといふ
友《とも》なりしかな

357

治《をさ》まれる世《よ》の事《こと》無《な》さに
飽《あ》きたりといひし頃《ころ》こそ
かなしかりけれ

358

✣「友」は函館日日新聞主筆・斎藤哲郎（大硯）。小樽で再会した。「宗」のルビ「しう」は「しゆう」が正しい。

共同《きようどう》の薬屋《くすりや》開《ひら》き
儲《まう》けむといふ友《とも》なりき
詐欺《さぎ》せしといふ

359

あをじろき頰《ほほ》に涙《なみだ》を光《ひか》らせて
死《し》をば語《かた》りき
若《わか》き商人《あきびと》

360

✣啄木に憧れたもう一人の文学少年、藤田武治（南洋）をうたう。ここで小樽時代の歌は終わる。

子《こ》を負《お》ひて
雪《ゆき》の吹《ふ》き入《い》る停車場《ていしやば》に
われ見送《みおく》りし妻《つま》の眉《まゆ》かな

敵《てき》として憎《にく》みし友《とも》と
やや長《なが》く手《て》をば握《にぎ》りき
わかれといふに

361

✣一九〇八年（明治41）一月一九日、妻子老母を小樽に残して釧路に向かう。この日、間もなく大雪となる。

362

✣これより三首、啄木を殴って辞職に追い込んだ小樽日報事務長・小林寅吉にかかわる歌。

363

ゆるぎ出《い》づる汽車《きしや》の窓《まど》より
人先《ひとさき》に顔《かほ》を引《ひ》きしも
負《ま》けざらむため

364

みぞれ降《ふ》る
石狩《いしかり》の野《の》の汽車《きしや》に読《よ》みし
ツルゲエネフの物語《ものがたり》かな

✣大雪の歌の並びで「みぞれ」の歌があるのは一見不可解だが、小林に殴られた一二月一二日はみぞれが降っていた。

わが去《さ》れる後《のち》の噂《うはさ》を
おもひやる旅出《たびで》はかなし
死《し》ににゆくごと

365

わかれ来《き》てふと瞬《また》けば
ゆくりなく
つめたきものの頬《ほほ》をつたへり

366

✣以下六首、小樽―旭川間の歌。

忘《わす》れ来《き》し煙草《たばこ》を思《おも》ふ
ゆけどゆけど
山《やま》なほ遠《とほ》き雪《ゆき》の野《の》の汽車《きしや》

367

❖札幌―岩見沢間の歌。車窓両側のかなたに山々が、はるか前方にも山々がいつまでも見えている石狩平野の一光景。

うす紅《あか》く雪《ゆき》に流《なが》れて
入日影《いりひかげ》
曠野《あらの》の汽車《きしや》の窓《まど》を照《てら》せり

368

腹《はら》すこし痛《いた》み出《い》でしを
しのびつつ
長路《ちやうろ》の汽車《きしや》にのむ煙草《たばこ》かな

369

乗合《のりあひ》の砲兵士官《はうへいしくわん》の
剣《けん》の鞘《さや》
がちやりと鳴《な》るに思《おも》ひやぶれき

370

名《な》のみ知《し》りて縁《えん》もゆかりもなき土《と》地《ち》の
宿屋《やどや》安《やす》けし
我《わ》が家《いへ》のごと

371

伴《つれ》なりしかの代議《だいぎ》士《し》の
口《くち》あける青《あを》き寝《ね》顔《がほ》を
かなしと思《おも》ひき

372

✣以下四首、旭川の歌。

✣「かの代議士」は小樽日報と釧路新聞の社長、白石義郎。この年五月に釧路から出馬し、衆議院議員になる。◉

今夜《こんや》こそ思《おも》ふ存分《ぞんぶん》泣《な》いてみむと
泊《とま》りし宿屋《やどや》の
茶《ちゃ》のぬるさかな

373

✣旭川の冬は零下四一度を記録したほどの厳寒。この朝も台所で淹れた熱いお茶は部屋に運ばれるまでに冷めたのだ。

水蒸気《すゐじようき》
列車《れつしや》の窓《まど》に花《はな》のごと凍《い》てしを染《そ》むる
あかつきの色《いろ》

374

✣厳寒の旭川駅を出た汽車の様子をうたう。「水」のルビ「すゐ」は「すい」が正しい。

ごおと鳴《な》る凩《こがらし》のあと
乾《かわ》きたる雪《ゆき》舞《ま》ひ立《た》ちて
林《はやし》を包《つつ》めり

375

✣以下八首、旭川―釧路間の歌。

空《そら》知《ち》川《がは》雪《ゆき》に埋《うも》れて
鳥《とり》も見《み》えず
岸《きし》辺《べ》の林《はやし》に人《ひと》ひとりゐき

376

寂莫《せきばく》を敵《てき》とし友《とも》とし
雪《ゆき》のなかに
長《なが》き一生《いつしやう》を送《おく》る人《ひと》もあり

377

いたく汽《き》車《しや》に疲《つか》れて猶《なほ》も
きれぎれに思《おも》ふは
我《われ》のいとしさなりき

378

うたふごと駅《えき》の名《な》呼《よ》びし
柔和《にうわ》なる
若《わか》き駅《えき》夫《ふ》の眼《め》をも忘《わす》れず

379

雪《ゆき》のなか
処処《しよしよ》に屋根《やね》見《み》えて
煙突《えんとつ》の煙《けむり》うすくも空《そら》にまよへり

380

遠《とほ》くより
笛《ふえ》ながながとひびかせて
汽《き》車《しや》今《いま》とある森《しん》林《りん》に入《い》る

381

何事《なにごと》も思《おも》ふことなく
日《ひ》一日《いちにち》
汽《き》車《しや》のひびきに心《こころ》まかせぬ

382

さいはての駅《えき》に下《お》り立《た》ち
雪《ゆき》あかり
さびしき町《まち》にあゆみ入《い》りにき

383

✣以下三一首（413まで）釧路の歌。当時は釧路駅が帝国鉄道北海道線の最果てだった。

しらしらと氷《こほり》かがやき
千鳥《ちどり》なく
釧路《くしろ》の海《うみ》の冬《ふゆ》の月《つき》かな

384

✣「さいはての駅」で、釧路の歌の始まりがすでに示されているが、改めて「釧路」入りの歌がここに置かれる。

こほりたるインクの罎《びん》を
火《ひ》に翳《かざ》し
涙《なみだ》ながれぬともしびの下《もと》

385

✣窓ガラス一枚隔てた外は厳寒。暖房は火鉢一つ。インクも墨も筆も凍る。金属性の石けん箱が手に食いつく。

顔《かほ》ところ
それのみ昔《むかし》に変《かは》らざる友《とも》にも会《あ》ひき
国《くに》の果《はて》にて

386

あはれかの国《くに》のはてにて
酒《さけ》のみき
かなしみの滓《をり》を啜《すす》るごとくに
387

酒《さけ》のめば悲《かな》しみ一時《いちじ》に湧《わ》き来《く》るを
寐《ね》て夢《ゆめ》みぬを
うれしとはせし
388

❖「滓」のルビ「をり」は「おり」が正しい。

出《だ》しぬけの女《をんな》の笑《わら》ひ
身《み》に沁《し》みき
厨《くりや》に酒《さけ》の凍《こほ》る真《ま》夜《よ》中《なか》

389

わが酔《ゑ》ひに心《こころ》いためて
うたはざる女《をんな》ありしが
いかになれるや

390

小奴《こやつこ》といひし女《をんな》の
やはらかき
耳朶《みみたぼ》なども忘《わす》れがたかり

391

✣「小奴」は文学の好きな五歳年下の芸者。彼女と啄木は出会ってすぐに気があった。これより一二首小奴の歌。

よりそひて
深夜《しんや》の雪《ゆき》の中《なか》に立《た》つ
女《をんな》の右手《めて》のあたたかさかな

392

死《し》にたくはないかと言《い》へば
これ見《み》よと
咽喉《のんど》の痍《きず》を見《み》せし女《をんな》かな

393

芸事《げいごと》も顔《かほ》も
かれより優《すぐ》れたる
女《をんな》あしざまに我《われ》を言《い》へりとか

394

舞《ま》へといへば立《た》ちて舞《ま》ひにき
おのづから
悪酒《あくしゆ》の酔《ゑ》ひにたふるるまでも

395

死《し》ぬばかり我《わ》が酔《ゑ》ふをまちて
いろいろの
かなしきことを囁《ささや》きし人《ひと》

396

いかにせしと言《い》へば
あをじろき酔《ゑ》ひざめの
面《おもて》に強《し》ひて笑《ゑ》みをつくりき

397

かなしきは
かの白玉《しらたま》のごとくなる腕《うで》に残《のこ》せし
キスの痕《あと》かな

398

399

酔《ゑ》ひてわがうつむく時《とき》も
水《みづ》ほしと眼《め》ひらく時《とき》も
呼《よ》びし名《な》なりけり

400

火《ひ》をしたふ虫《むし》のごとくに
ともしびの明《あか》るき家《いへ》に
かよひ慣《な》れにき

きしきしと寒《さむ》さに踏《ふ》めば板軋《いたきし》む
かへりの廊下《らうか》の
不意《ふい》のくちづけ

401

その膝《ひざ》に枕《まくら》しつつも
我《わ》がこころ
思《おも》ひしはみな我《われ》のことなり

402

✣ここまで小奴の歌。

さらさらと氷《こほり》の屑《くづ》が
波《なみ》に鳴《な》る
磯《いそ》の月夜《つきよ》のゆきかへりかな
403

死《し》にしとかこのごろ聞《き》きぬ
恋《こひ》がたき
才《さい》あまりある男《をとこ》なりしが
404

十年《ととせ》まへに作《つく》りしといふ漢詩《からうた》を
酔《ゑ》へば唱《とな》へき
旅《たび》に老《お》いし友《とも》

405

吸《す》ふごとに
鼻《はな》がぴたりと凍《こほ》りつく
寒《さむ》き空気《くうき》を吸《す》ひたくなりぬ

406

波《なみ》もなき二月《にぐわつ》の湾《わん》に
白塗《しろぬり》の
外国船《ぐわいこくせん》が低《ひく》く浮《う》かべり

407

三味線《さみせん》の絃《いと》のきれしを
火事《くわじ》のごと騒《さわ》ぐ子《こ》ありき
大雪《おほゆき》の夜《よ》に

408

神《かみ》のごと
遠《とほ》く姿《すがた》をあらはせる
阿《あ》寒《かん》の山《やま》の雪《ゆき》のあけぼの

409

郷里《くに》にゐて
身《み》投《な》げせしことありといふ
女《をんな》の三《さ》味《み》にうたへるゆふべ

410

葡萄色《えびいろ》の
古《ふる》き手帳《てちやう》にのこりたる
かの会合《あひびき》の時《とき》と処《ところ》かな

411

よごれたる足袋《たび》穿《は》く時《とき》の
気味《きみ》わるき思《おも》ひに似《に》たる
思出《おもひで》もあり

412

413

わが室《へや》に女《をんな》泣きしを
小説《せうせつ》のなかの事《こと》かと
おもひ出《い》づる日《ひ》

414

浪淘沙《らうたうさ》
ながくも声《こゑ》をふるはせて
うたふがごとき旅《たび》なりしかな

✣「浪淘沙」は詞の一調名。忘れがたき人々と出会った漂泊の一年の印象をこうまとめて、エピローグとする。◉

二

いつなりけむ
夢《ゆめ》にふと聴《き》きてうれしかりし
その声《こゑ》もあはれ長《なが》く聴《き》かざり

415

✣プロローグ、橘智恵子の声の訪れ。この節の歌はすべて、智恵子に捧げられている。◉

頬《ほ》の寒《さむ》き
流離《りうり》の旅《たび》の人《ひと》として
路問《みちと》ふほどのこと言《い》ひしのみ

416

✣以下八首は函館時代の智恵子を回想する歌。

さりげなく言《い》ひし言葉《ことば》は
さりげなく君《きみ》も聴《き》きつらむ
それだけのこと

417

ひややかに清《きよ》き大理石《なめいし》に
春《はる》の日《ひ》の静《しづ》かに照《て》るは
かかる思《おも》ひならむ

418

世《よ》の中《なか》の明《あか》るさのみを吸《す》ふごとき
黒《くろ》き瞳《ひとみ》の
今《いま》も目《め》にあり

419

✣四首目のここで初めて智恵子の身体の一部「黒き瞳」が現れる。

かの時《とき》に言《い》ひそびれたる
大《たい》切《せつ》の言《こと》葉《ば》は今《いま》も
胸《むね》にのこれど

420

真《ま》白《しろ》なるランプの笠《かさ》の
瑕《きず》のごと
流《りう》離《り》の記《き》憶《おく》消《け》しがたきかな

421

422

函館《はこだて》のかの焼跡《やけあと》を去《さ》りし夜《よ》の
こころ残《のこ》りを
今《いま》も残《のこ》しつ

423

人《ひと》がいふ
鬢《びん》のほつれのめでたさを
物書《ものか》く時《とき》の君《きみ》に見《み》たりし

✣ここでふたたび身体の一部「鬢のほつれ」が現れ、函館時代の回想がしめくくられる。

馬鈴薯《ばれいしよ》の花《はな》咲《さ》く頃《ころ》と
なれりけり
君《きみ》もこの花《はな》を好《す》きたまふらむ

424

✣ 以下一二首は札幌に住む智恵子を東京にいて想う歌。「花咲く頃」の歌に始まる。◉

山《やま》の子《こ》の
山《やま》を思《おも》ふがごとくにも
かなしき時《とき》は君《きみ》を思《おも》へり

425

忘《わす》れをれば
ひよつとした事《こと》が思《おも》ひ出の種《たね》にまたなる
忘《わす》れかねつも

426

病《や》むと聞《き》き
癒《い》えしと聞《き》きて
四百里《しひやくり》のこなたに我《われ》はうつつなかりし

427

❖「四百里」は智恵子がいる札幌と啄木のいる東京の距離。

君《きみ》に似《に》し姿《すがた》を街《まち》に見《み》る時《とき》の
こころ躍《をど》りを
あはれと思《おも》へ

428

✣「街」は東京の街。智恵子が東京の街にいるはずはないのに、似た姿を見てさえ、啄木は胸を躍らせる。

かの声《こゑ》を最《も》一度《いちど》聴《き》かば
すつきりと
胸や霽《は》れむと今朝《けさ》も思《おも》へる

429

いそがしき生活《くらし》のなかの
時《とき》折《をり》のこの物《もの》おもひ
誰《たれ》のためぞも
430

しみじみと
物《もの》うち語《かた》る友《とも》もあれ
君《きみ》のことなど語《かた》り出《い》でなむ
431

死《し》ぬまでに一度《いちど》会《あ》はむと
言《い》ひやらば
君《きみ》もかすかにうなづくらむか

432

時《とき》として
君《きみ》を思《おも》へば
安《やす》かりし心《こころ》にはかに騒《さわ》ぐかなしさ

433

✣「言ひやらば」は「手紙で言ってやると」の意味。

わかれ来《き》て年《とし》を重《かさ》ねて
年《とし》ごとに恋《こひ》しくなれる
君《きみ》にしあるかな

434

石狩《いしかり》の都《みやこ》の外《そと》の
君《きみ》が家《いへ》
林檎《りんご》の花《はな》の散《ち》りてやあらむ

435

✣「石狩の都」は札幌のこと。智恵子の実家はりんご園だった。東京にいて智恵子を想う歌は花の散る頃で終わる。

長《なが》き文《ふみ》
三年《みとせ》のうちに三度《みたび》来《き》ぬ
我《われ》の書《か》きしは四度《よたび》にかあらむ

436

✣エピローグ。夢の中の声の訪れよりもたしかな手紙の訪れが三度あったことを確認してこの節を結ぶ。

手套を脱ぐ時

「手套を脱ぐ時」は勤め人が帰宅して緊張のゆるんだ時。そんな時心に浮かぶのはとりとめのないこと。そのどうでもよいようなことを歌にして集めた章、これがタイトルの意味となる。

「我を愛する歌」の章は啄木の意識・行動の歌が基調だったが、「手套を脱ぐ時」では外界の事物の歌が四割ほどを占める。「我を愛する歌」の配列は見開き単位であったが、「手套を脱ぐ時」の配列は小歌群が主体である。

大小二〇の歌群（全六九首）と三八首の独立した歌からなるこの章は、さながら歌群のパッチワークのようである。割付は前章とうってかわっておおまかである。

手套《てぶくろ》を脱《ぬ》ぐ手《て》ふと休《や》む
何《なに》やらむ
こころかすめし思《おも》ひ出《で》のあり

437

いつしかに
情《じやう》をいつはること知《し》りぬ
髭《ひげ》を立《た》てしもその頃《ころ》なりけむ

438

✣プロローグ。思い出が心をかすめたのはおそらく数十分の一秒間。瞬間描写の天才啄木の面目躍如とした傑作。◉

朝《あさ》の湯《ゆ》の
湯槽《ゆぶね》のふちにうなじ載《の》せ
ゆるく息《いき》する物思《ものおも》ひかな

439

夏来《なつく》れば
うがひ薬《ぐすり》の
病《やまひ》ある歯《は》に沁《し》む朝《あさ》のうれしかりけり

440

つくづくと手《て》をながめつつ
おもひ出《い》でぬ
キスが上手《じやうず》の女《をんな》なりしが

441

さびしきは
色《いろ》にしたしまぬ目《め》のゆゑと
赤《あか》き花《はな》など買《か》はせけるかな

442

新《あたら》しき本《ほん》を買《か》ひ来《き》て読《よ》む夜半《よは》の
そのたのしさも
長《なが》くわすれぬ

443

旅《たび》七日《なのか》
かへり来《き》ぬれば
わが窓《まど》の赤《あか》きインクの染《し》みもなつかし

444

古文書《こもんじよ》のなかに見《み》いでし
よごれたる
吸取紙《すひとりがみ》をなつかしむかな

445

手《て》にためし雪《ゆき》の融《と》くるが
ここちよく
わが寐《ね》飽《あ》きたる心《こころ》には沁《し》む

446

薄《うす》れゆく障子《しやうじ》の日《ひ》影《かげ》
そを見《み》つつ
こころいつしか暗《くら》くなりゆく

447

ひやひやと
夜《よる》は薬《くすり》の香《か》のにほふ
医《い》者《しや》が住《す》みたるあとの家《いへ》かな

448

窓硝子《まどガラス》
塵《ちり》と雨《あめ》とに曇《くも》りたる窓硝子《まどガラス》にも
かなしみはあり

449

六年《むとせ》ほど日《ひ》毎《ごと》日《ひ》毎《ごと》にかぶりたる
古《ふる》き帽子《ばうし》も
棄《す》てられぬかな

450

✣「帽子」のルビ「ばう」は「ぼう」が正しい。

451

こころよく
春《はる》のねむりをむさぼれる
目《め》にやはらかき庭《には》の草《くさ》かな

452

赤煉瓦《あかれんぐわ》遠《とほ》くつづける高塀《たかべい》の
むらさきに見《み》えて
春《はる》の日《ひ》ながし

✣これより457までの七首は春の歌。

春《はる》の雪《ゆき》
銀座《ぎんざ》の裏《うら》の三階《さんがい》の煉瓦造《れんぐわづくり》に
やはらかに降《ふ》る

453

よごれたる煉瓦《れんぐわ》の壁《かべ》に
降《ふ》りて融《と》け降《ふ》りては融《と》くる
春《はる》の雪《ゆき》かな

454

目《め》を病《や》める
若《わか》き女《をんな》の倚《よ》りかかる
窓《まど》にしめやかに春《はる》の雨《あめ》降《ふ》る

455

あたらしき木《き》のかをりなど
ただよへる
新開町《しんかいまち》の春《はる》の静《しづ》けさ

456

春《はる》の街《まち》
見《み》よげに書《か》ける女名《をんなな》の
門札《かどふだ》などを読《よ》みありくかな

457

そことなく
蜜柑《みかん》の皮《かは》の焼《や》くるごときにほひ残《のこ》りて
夕《ゆふべ》となりぬ

458

✣切断の歌。

にぎはしき若《わか》き女《をんな》の集会《あつまり》の
こゑ聴《き》き倦《う》みて
さびしくなりたり

459

✣以下二首、若い女の歌。

何処《どこ》やらに
若《わか》き女《をんな》の死《し》ぬごとき悩《なや》ましさあり
春《はる》の霙《みぞれ》降《ふ》る

460

コニヤックの酔《ゑ》ひのあとなる
やはらかき
このかなしみのすずろなるかな

461

白《しろ》き皿《さら》
拭《ふ》きては棚《たな》に重《かさ》ねゐる
酒場《さかば》の隅《すみ》のかなしき女《をんな》

462

✣以下二首はある酒場（おそらくカフェ）の歌。当時銀座に現れはじめたカフェは洋酒を揃えていた。

乾《かわ》きたる冬《ふゆ》の大路《おほぢ》の
何処《いづく》やらむ
石炭酸《せきたんさん》のにほひひそめり

463

✣切断の歌。

赤赤《あかあか》と入日《いりひ》うつれる
河《かは》ばたの酒場《さかば》の窓《まど》の
白《しろ》き顔《かほ》かな

464

✣以下二首は京橋区（現東京都中央区）京橋北詰東角にあった京橋ビヤホールのことであろう。

465
新《あたら》しきサラドの皿《さら》の
酢《す》のかをり
こころに沁《し》みてかなしき夕《ゆふべ》

466
空色《そらいろ》の罎《びん》より
山羊《やぎ》の乳《ちち》をつぐ
手《て》のふるひなどいとしかりけり

✣切断の歌。

すがた見《み》の
息《いき》のくもりに消《け》されたる
酔《ゑ》ひのうるみの眸《まみ》のかなしさ

467

ひとしきり静《しづ》かになれる
ゆふぐれの
厨《くりや》にのこるハムのにほひかな

468

❖以下三首は京橋区金六町新橋際にあった恵比寿ビヤホールのことであろう。

ひややかに鬢《びん》のならべる棚《たな》の前《まへ》
歯《は》せせる女《をんな》を
かなしとも見《み》き

469

やや長《なが》きキスを交《かは》して別《わか》れ来《き》し
深夜《しんや》の街《まち》の
遠《とほ》き火事《くわじ》かな

470

✣切断の歌。

病院《びやうゐん》の窓《まど》のゆふべの
ほの白《じろ》き顔《かほ》にありたる
淡《あは》き見《み》覚《おぼ》え

471

✣以下二首、「女」の記憶。

何時《いつ》なりしか
かの大川《おほかは》の遊船《いうせん》に
舞《ま》ひし女《をんな》をおもひ出《で》にけり

472

473
用《よう》もなき文《ふみ》など長《なが》く書《か》きさして
ふと人《ひと》こひし
街《まち》に出《で》てゆく

474
しめらへる煙草《たばこ》を吸《す》へば
おほよその
わが思《おも》ふことも軽《かろ》くしめれり

するどくも
夏《なつ》の来《きた》るを感《かん》じつつ
雨後《うご》の小庭《こには》の土《つち》の香《か》を嗅《か》ぐ

475

✣以下二首は夏の季節感をうたう。

すずしげに飾《かざ》り立《た》てたる
硝子《ガラス》屋《や》の前《まへ》にながめし
夏《なつ》の夜《よ》の月《つき》

476

君《きみ》来《く》るといふに夙《と》く起《お》き
白《しろ》シヤツの
袖《そで》のよごれを気《き》にする日《ひ》かな

477

おちつかぬ我《わ》が弟《おとうと》の
このごろの
眼《め》のうるみなどかなしかりけり

478

どこやらに杭《くひ》打《う》つ音《おと》し
大桶《おほをけ》をころがす音《おと》し
雪《ゆき》ふりいでぬ

479

✣以下三首、「音」の歌。

人気《ひとげ》なき夜《よ》の事務室《じむしつ》に
けたたましく
電話《でんわ》の鈴《りん》の鳴《な》りて止《や》みたり

480

目《め》さまして
ややありて耳《みみ》に入《い》り来《きた》る
真夜中《まよなか》すぎの話声《はなしごゑ》かな

481

見《み》てをれば時計《とけい》とまれり
吸《す》はるるごと
心《こころ》はまたもさびしさに行《ゆ》く

482

朝朝《あさあさ》の
うがひの料《しろ》の水薬《すゐやく》の
鬢《びん》がつめたき秋《あき》となりにけり

483

✣以下三首、秋の歌。「水薬」のルビ「すゐやく」は「すいやく」が正しい。

夷《なだ》らかに麦《むぎ》の青《あを》める
丘《をか》の根《ね》の
小径《こみち》に赤《あか》き小櫛《おぐし》ひろへり

484

裏山《うらやま》の杉生《すぎふ》のなかに
斑《まだら》なる日影《ひかげ》這《は》ひ入《い》る
秋《あき》のひるすぎ

485

港町《みなとまち》
とろろと鳴《な》きて輪《わ》を描《ゑが》く鳶《とび》を圧《あつ》せる
潮《しほ》ぐもりかな

486

✣切断の歌。

小春日《こはるび》の曇硝子《くもりガラス》にうつりたる
鳥影《とりかげ》を見《み》て
すずろに思《おも》ふ

487

✣以下二首、冬の歌。

ひとならび泳《およ》げるごとき
家家《いへいへ》の高低《たかひく》の軒《のき》に
冬《ふゆ》の日《ひ》の舞《ま》ふ

488

489 京橋《きやうばし》の滝山町《たきやまちやう》の
新聞社《しんぶんしや》
灯《ひ》ともる頃《ころ》のいそがしさかな

490 よく怒《いか》る人《ひと》にてありしわが父《ちち》の
日《ひ》ごろ怒《いか》らず
怒《いか》れと思《おも》ふ

✣「新聞社」は啄木の職場、東京朝日新聞社。

あさ風《かぜ》が電車《でんしゃ》のなかに吹《ふ》き入《い》れし
柳《やなぎ》のひと葉《は》
手《て》にとりて見《み》る

491

ゆゑもなく海《うみ》が見《み》たくて
海《うみ》に来《き》ぬ
こころ傷《いた》みてたへがたき日《ひ》に

492

✣以下二首、海の歌。

たひらなる海《うみ》につかれて
そむけたる
目《め》をかきみだす赤《あか》き帯《おび》かな

493

今日《けふ》逢《あ》ひし町《まち》の女《をんな》の
どれもどれも
恋《こひ》にやぶれて帰《かへ》るごとき日《ひ》

494

汽車《きしや》の旅《たび》
とある野中《のなか》の停車場《ていしやば》の
夏草《なつくさ》の香《か》のなつかしかりき

495

✣ 以下五首は汽車の歌。

朝《あさ》まだき
やつと間《ま》に合《あ》ひし初秋《はつあき》の旅出《たびで》の汽車《きしや》の
堅《かた》き麺麭《ぱん》かな

496

かの旅《たび》の夜《よ》汽《ぎ》車《しゃ》の窓《まど》に
おもひたる
我《わ》がゆくすゑのかなしかりしかな

497

ふと見《み》れば
とある林《はやし》の停《てい》車《しゃ》場《ば》の時《と》計《けい》とまれり
雨《あめ》の夜《よ》の汽《き》車《しゃ》

498

わかれ来《き》て
燈火《あかり》小暗《をぐら》き夜《よ》の汽車《きしや》の窓《まど》に弄《もてあそ》ぶ
青《あを》き林檎《りんご》よ

499

いつも来《く》る
この酒肆《さかみせ》のかなしさよ
ゆふ日《ひ》赤赤《あかあか》と酒《さけ》に射《さ》し入《い》る

500

✣以下二首の「酒肆」は弓町の自宅近くの一品料理屋か。啄木は月に二、三度ここでコップ二杯のビールを飲んだ。

白《しろ》き蓮沼《はすぬま》に咲《さ》くごとく
かなしみが
酔《ゑ》ひのあひだにはつきりと浮《う》く

501

壁《かべ》ごしに
若《わか》き女《をんな》の泣《な》くをきく
旅《たび》の宿屋《やどや》の秋《あき》の蚊帳《かや》かな

502

✣以下五首、秋と晩夏の歌。

取《と》りいでし去年《こぞ》の袷《あはせ》の
なつかしきにほひ身《み》に沁《し》む
初秋《はつあき》の朝《あさ》

503

気《き》にしたる左《ひだり》の膝《ひざ》の痛《いた》みなど
いつか癒《なほ》りて
秋《あき》の風《かぜ》吹《ふ》く

504

売《う》り売《う》りて
手垢《てあか》きたなきドイツ語《ご》の辞書《じしょ》のみ残《のこ》る
夏《なつ》の末《すゑ》かな

505

✣一九〇六年（明治39）夏から、英語で書かれたドイツ語入門書『A German Course』を暇をみては独学していた。

ゆゑもなく憎《にく》みし友《とも》と
いつしかに親《した》しくなりて
秋《あき》の暮《く》れゆく

506

赤紙《あかがみ》の表紙《へうし》手擦《てず》れし
国禁《こくきん》の
書《ふみ》を行李《かうり》の底《そこ》にさがす日《ひ》

507

✣以下四首、時代閉塞の秋をうたう。「国禁の書」は幸徳秋水の『平民主義』。

売《う》ることを差《さ》し止《と》められし
本《ほん》の著者《ちよしや》に
路《みち》にて会《あ》へる秋《あき》の朝《あさ》かな

508

✣「本の著者」は杉村楚人冠。

509

今日《けふ》よりは
我《われ》も酒《さけ》など呷《あふ》らむと思《おも》へる日《ひ》より
秋《あき》の風《かぜ》吹《ふ》く

510

大海《だいかい》の
その片隅《かたすみ》につらなれる島島《しまじま》の上《うへ》に
秋《あき》の風《かぜ》吹《ふ》く

✣韓国併合批判の歌でもある。

うるみたる目《め》と
目《め》の下《した》の黒子《ほくろ》のみ
いつも目《め》につく友《とも》の妻《つま》かな

511

いつ見《み》ても
毛糸《けいと》の玉《たま》をころがして
韈《くつした》を編《あ》む女《をんな》なりしが

512

葡萄色《えびいろ》の
長椅子《ながいす》の上《うへ》に眠《ねむ》りたる猫《ねこ》ほの白《じろ》き
秋《あき》のゆふぐれ

513

❖以下二首、秋の季節感。

ほそぼそと
其処《そこ》ら此処《ここ》らに虫《むし》の鳴《な》く
昼《ひる》の野《の》に来《き》て読《よ》む手紙《てがみ》かな

514

515

夜《よる》おそく戸《と》を繰《く》りをれば
白《しろ》きもの庭《には》を走《はし》れり
犬《いぬ》にやあらむ

✣以下四首、夜の歌。

516

夜《よ》の二時《にじ》の窓《まど》の硝子《ガラス》を
うす紅《あか》く
染《そ》めて音《おと》なき火事《くわじ》の色《いろ》かな

あはれなる恋《こひ》かなと
ひとり呟《つぶや》きて
夜《よ》半《は》の火《ひ》桶《をけ》に炭《すみ》添《そ》へにけり
517

真《ま》白《しろ》なるランプの笠《かさ》に
手《て》をあてて
寒《さむ》き夜《よ》にする物《もの》思《おも》ひかな
518

水《みづ》のごと
身体《からだ》をひたすかなしみに
葱《ねぎ》の香《か》などのまじれる夕《ゆふべ》

519

時《とき》ありて
猫《ねこ》のまねなどして笑《わら》ふ
三十路《みそぢ》の友《とも》のひとり住《ず》みかな

520

気《き》弱《よわ》なる斥候《せきこう》のごとく
おそれつつ
深《しん》夜《や》の街《まち》を一《ひと》人《り》散《さん》歩《ぽ》す
521

皮《ひ》膚《ふ》がみな耳《みみ》にてありき
しんとして眠《ねむ》れる街《まち》の
重《おも》き靴《くつ》音《おと》
522

❖以下六首、深夜の街の歌。「斥候」は敵情や地形などの偵察・探索などを行う将兵。

夜《よる》おそく停車場《ていしやば》に入《い》り
立《た》ち坐《すわ》り
やがて出《い》でゆきぬ帽《ばう》なき男《をとこ》

523

気《き》がつけば
しつとりと夜霧《よぎり》下《お》りて居《を》り
ながくも街《まち》をさまよへるかな

524

✣「帽」のルビ「ばう」は「ぼう」が正しい。

若《も》しあらば煙草《たばこ》恵《めぐ》めと
寄《よ》りて来《く》る
あとなし人《びと》と深夜《しんや》に語《かた》る

525

曠野《あらの》より帰《かへ》るごとくに
帰《かへ》り来《き》ぬ
東京《とうきやう》の夜《よ》をひとりあゆみて

526

銀行《ぎんかう》の窓《まど》の下《した》なる
舗石《しきいし》の霜《しも》にこぼれし
青《あを》インクかな

527

ちよんちよんと
とある小藪《こやぶ》に頬白《ほほじろ》の遊《あそ》ぶを眺《なが》む
雪《ゆき》の野《や》の路《みち》

528

十月《じふぐわつ》の朝《あさ》の空気《くうき》に
あたらしく
息吹《いきす》ひそめし赤坊《あかんぼ》のあり

529

✣以下二首、妻が長男眞一を出産した際の歌。

十月《じふぐわつ》の産病院《さんびやうゐん》の
しめりたる
長《なが》き廊下《らうか》のゆきかへりかな

530

むらさきの袖《そで》垂《た》れて
空《そら》を見上《みあ》げゐる支那人《しなじん》ありき
公園《こうゑん》の午後《ごご》

531

孩児《をさなご》の手《て》ざはりのごとき
思《おも》ひあり
公園《こうゑん》に来《き》てひとり歩《あゆ》めば

532

✣以下六首、公園の歌。536までの「公園」は上野公園であろう。

ひさしぶりに公園《こうゑん》に来《き》て
友《とも》に会《あ》ひ
堅《かた》く手《て》握《にぎ》り口《くち》疾《ど》に語《かた》る

533

公園《こうゑん》の木《こ》の間《ま》に
小鳥《ことり》あそべるを
ながめてしばし憩《いこ》ひけるかな

534

晴《は》れし日《ひ》の公園《こうゑん》に来《き》て
あゆみつつ
わがこのごろの衰《おとろ》へを知《し》る

535

思出《おもひで》のかのキスかとも
おどろきぬ
プラタスの葉《は》の散《ち》りて触《ふ》れしを

536

公園《こうゑん》の隅《すみ》のベンチに
二度《にど》ばかり見《み》かけし男《をとこ》
このごろ見《み》えず

537

✣以下三首の「公園」は日比谷公園と思われる。

公園《こうゑん》のかなしみよ
君《きみ》の嫁《とつ》ぎてより
すでに七月《ななつき》来《き》しこともなし

538

公園《こうゑん》のとある木蔭《こかげ》の捨《すて》椅子《いす》に
思《おも》ひあまりて
身《み》をば寄《よ》せたる

539

忘《わす》られぬ顔《かほ》なりしかな
今日《けふ》街《まち》に
捕吏《ほり》にひかれて笑《ゑ》める男《をとこ》は

540

541
マチ擦《す》れば
二尺《にしやく》ばかりの明《あか》るさの
中《なか》をよぎれる白《しろ》き蛾《が》のあり

542
目《め》をとぢて
口笛《くちぶえ》かすかに吹《ふ》きてみぬ
寐《ね》られぬ夜《よる》の窓《まど》にもたれて

✣この歌は本来、543に来るはずであったと推定される。（543番歌の注と補注を参照）

わが友《とも》は
今日《けふ》も母《はは》なき子《こ》を負《お》ひて
かの城址《しろあと》にさまよへるかな

543

✣本来はここに『一握の砂』の最後の歌*541*が据えられるはずであった。◉

夜《よる》おそく
つとめ先《さき》よりかへり来《き》て
今《いま》死《し》にしてふ児《こ》を抱《だ》けるかな

544

✣これより、急死した長男眞一の挽歌八首。

二《ふた》三《み》こゑ
いまはのきはに微《かす》かにも泣《な》きしといふに
なみだ誘《さそ》はる

545

真《ま》白《しろ》なる大根《だいこん》の根《ね》の肥《こ》ゆる頃《ころ》
うまれて
やがて死《し》にし児《こ》のあり

546

おそ秋《あき》の空気《くうき》を
三尺四方《さんじやくしはう》ばかり
吸《す》ひてわが児《こ》の死《し》にゆきしかな

547

死《し》にし児《こ》の
胸《むね》に注射《ちうしや》の針《はり》を刺《さ》す
医者《いしや》の手《て》もとにあつまる心《こころ》

548

549

底知《そこし》れぬ謎《なぞ》に対《むか》ひてあるごとし
死児《しじ》のひたひに
また手《て》をやる

550

かなしみの強《つよ》くいたらぬ
さびしさよ
わが児《こ》のからだ冷《ひ》えてゆけども

かなしくも
夜《よ》明《あ》くるまでは残《のこ》りゐぬ
息《いき》きれし児《こ》の肌《はだ》のぬくもり

551

——（をはり）——

【補注】

◉三頁1〈東海の〉
この歌は日本人にもっとも愛された歌の一つである。広々とした青い海↓緑の小島↓白い砂というズームアップ、レンズの先にあるのは「泣いて蟹とたわむれる」という青年のドラマ。これらが三一文字に凝縮されている。しかし、この歌は巻頭に置かれたことで、もう一つの意味を持たされる。「東海の小島の」＝「世界の極東に位置する日本の」、「磯の白砂に」＝「東京のとある片隅で」、「われ泣きぬれて」＝「時代閉塞の現状下、意に満たぬ日々を送るぼくは」、「蟹とたはむる」＝「心の遣り場を歌作りに求めるのだ」といった意味になる。巻と章両方のプロローグになっており、章末歌と巻末歌（541）両方と照応している。

◉五頁6〈砂山の〉
四、五、六頁の「砂山」はすべて函館大森浜の砂山。今は消失したが、当時は海沿いに約一五〇〇メートルにわたって起伏し、幅は最大三七五メートル、高さは最高二一〜二二メートルの大きな砂丘であった。

◉六頁8〈いのちなき〉
「かなし」は「自分の力ではとても及ばないと感じる切なさをいう語」（岩波古語辞典）。「砂のかなしさ」は人の思いなど理解できない砂に対して感じる切なさ。

◉一一頁17〈わが泣くを〉
以下読者は啄木の意識の姿百態を索引にして自分の心や体験を重ね合わせることができる。啄木を愛読した詩人・萩原朔太郎は、この歌から最初の詩集のタイトル「月に吠える」を得た。

◉一九頁34〈高山の〉
国文学者・歌人折口信夫の評。「若い人の山登りには、別に目的はない。だから登つて、そのまま下つてくるのが来るのが当然なのだ。しかし、かういふ風に、啄木が言つてみると、何か相当な問題に触れたやうな気がする。……つまり啄木が、新しい発見をしたのだ。心の底にひそんでゐる微動を捉へることができたのだ……。」

◉二一頁38〈鏡屋の〉
明治三四年一月五日の漱石の日記に「往来ニテ向フカラ背ノ低キ妙ナキタナキ奴ガ来タト思ヘバ我姿ノ鏡ニウツリシナリ」とある。

◉四二頁80〈浅草の〉
日本初のエレベーターも設置され、一二階は展望台になっていた。田山花袋、芥川龍之介、谷崎潤一郎など多くの作家の作品に出てくる。塔の裏手は私娼窟で、啄木は「塔下苑」と名づけてうろついた時期があった。

◉七三頁142〈ふがひなき〉
この歌を作った翌年（一九一一年）九月に、雑誌「青鞜」が創刊され、新しい女性解放運動が動き出す。「元始、女性は実に太陽であつた。真正の人であつた。今、女性は月である」（平塚らいてうの創刊の辞）

◉七五頁145〈くだらない〉
大逆事件の衝撃と自身の思想上の飛躍が小説の構想を分裂させてしまい、執筆を中断した。この小説は時代の閉塞状況に苦しむ知識人と大逆事件を扱っている。

◉七五頁146〈秋の風〉
「彼のふやけたる男」は女郎買いの歌をたくさん作って得意になっていた近藤元。啄木が東京朝日新聞紙上で作者とその歌を痛烈に批判した。他方啄木は自分の内にも「ふやけたる男」がいると考えた。

146番歌は「彼のふやけたる男」と我が内なる「ふやけたる男」双方との決別をうたっている。

◉七七頁150〈誰そ我に〉
149・150番二つの歌は九月九日夜にこの順で作られ、内容的にも連関している。149番歌の基にあるわが思想を主張して行けば命だって危うくなる。その時は伊藤博文のように死んで見せよう(150)、とうたったのである。この伊藤との縁で151番歌の「桂首相」を用意する。

◉七八頁151〈やとばかり〉
「やとばかり」は「ものも言わず力を入れて」の意味。「桂首相」は時の強権政治の最高責任者・桂太郎。強権との有効な闘いもできず、こんな夢を見る自分をうたう。

◉八一頁152〈病のごと〉
この歌から九三頁176までが前半の歌群。中学校時代の中でも華やかな若々しい側面が主としてうたわれる。森鷗外訳とされるドイツ語からの漢訳詩に「思郷」の語がある(「於母影」)。啄木がこの歌にとり入れたことによって「思郷」は日本語に定着したようである。

◉八七頁163〈よく叱る〉
啄木が渋民小学校で卓絶した生徒指導をした際お手本にしたのがこの富田先生である。

◉八八頁165〈城址の〉
中学四年生の四月に新詩社の雑誌「明星」一一号を読んで、啄木は生涯文学に没頭することになった。

◉九一頁171〈ストライキ〉
集会を開いたり(放課後または休講中)、校長に直訴したり、授業ボイコットを(クラスが単発的に)行ったりした。しかし同盟休校はしていないので「ストライキ」ではない。生徒たちは自分たちの運動を当時もその後も「ストライキ」と思いこんでいた。「思ひ」のルビは底本では横向きに入っている。活版製版上の誤り。

◉九四頁177〈愁ひある〉
Ⅲの歌は、九七頁184、九九頁187、一〇〇頁189、一〇〇頁190、一〇一頁192、そしてエピローグの一〇四頁198である。

◉九四頁178〈解剖せし〉
広い校庭の端っこまで行っておこなわれたのは犬の解剖であった（盛岡中学の同級生、船越金五郎の日記）。それでは残酷な歌になるので、「蚯蚓」としたのである。啄木のやさしさが出ている。

◉九五頁180〈蘇峯の書を〉
盛岡高等小学校以来の親友伊東圭一郎をうたったものと思われる。伊東は父・圭介の自由民権運動の話などを通して啄木の政治や社会への目を開いてくれた。

◉九七頁183〈そのかみの〉
中学校五年生一学期の授業出席時間は一〇四時間、欠席は二〇七時間であった。カンニングによる成績不成立課目は、修身・作文・代数・図画。四〇点以下の不合格課目は、英語訳解三九点、英文法三八点、歴史三九点、動物三三点。

◉一〇四頁198〈糸きれし〉
煙のように湧いては消える青春の思い出をこれからうたう、としたのがプロローグだった。ここでは青春の日々が過去となった今を確認する。

◉一〇五頁199〈ふるさとの〉
最初の三首（Ⅲの歌）で、ふるさとへの最近の思いをうたう。次の四首（Ⅱの歌）で回想に転じ、再び現在に戻り（Ⅲの歌八首、一一二頁213まで）、一一三頁214の一首（Ⅱ）を挿んで、「やはらかに柳あをめる」で最初の中仕切りとする。この歌群は、回想の歌が五首、現在の歌が一二首で、比重は現在にある。思郷の歌が多い。

◉一一一頁*210*〈かにかくに〉
吉井勇の名歌「かにかくに祇園はこひし寐るときも枕の下を水のながるる」を借りて啄木はこの名歌をつくった。啄木と吉井は友人同士。

◉一一三頁*215*〈やはらかに〉
一行目の頭韻「やはらか」「柳」の「や」、二行目の頭韻「北上」「岸辺」の「き」を味わって朗誦したい。

◉一一四頁*216*〈ふるさとの〉
この歌群は、はじめから一八首まですべてが回想歌で、終わりの二首（一一三頁）で現在に再浮上する。

◉一一五頁*218*〈小学の〉
啄木は〈石をもて追はるるごとく〉村を出たのだが、千代治は餞別を贈った。のちに渋民村村長。

◉一二四頁*236*〈友として〉
第三の歌群の構成は、最初の二首が回想歌（Ⅱ）。次いで二首が現在の歌（Ⅲ）、ふたたび回想に転じてⅠまたはⅡの歌が五首（一二八頁*244*まで）。最後の八首は啄木が帰郷した時をうたっている。しかし伝記ではこのような帰郷はしていない。回想の歌八首を帰郷の歌八首として組み立て、思郷の念に堪えかねた魂に帰郷させたのである。

◉一二八頁*244*〈霧ふかき〉
秋の夜長を鳴き通した虫たちが、霧の深さのせいで、朝になっても夜のようにすだきつづけていた。それを思いがけないことだったとうたう。

◉一三五頁*253*〈ふるさとの〉
中国には「登高」という行事があり、陰暦九月九日に丘に上り菊酒を飲んだ。「高きに登る」「登高」は秋の季語。啄木はこの年北海道から単身上京して小説を書いたが売れず、下宿料を滞納した。小説が書けない悩み、食と住を失う不安、そんな愁いを抱いた秋だったと冒頭にうたう。

◉一四〇頁*264*〈秋の声〉
「何レノ処ヨリ秋風至ル／蕭蕭トシテ雁群ヲ送ル／朝来庭樹ニ入リ／孤客最モ先ニ聞ク」

◉一四一頁*265*〈目になれし〉
啄木が育った渋民村などの姫神山麓一帯は修験道が盛んで、岩手山・姫神山などの高山は神霊の鎮まる霊地として崇拝の対象であった。一三二頁*252*、一五三頁*289*、二一六頁*409*の歌などにも同じことが言えよう。

◉一五九頁*301*〈あめつちに〉
李白は月と自分の影を伴にして酒を楽しんだ（「月下独酌」）。芭蕉は夜もすがら池をめぐって月を愛でた。啄木はかなしみを天地に行きわたる月光と同化させた。

◉一六〇頁*303*〈旅の子の〉
金田一京助は下宿・蓋平館の主人に掛け合い、年末まで啄木の下宿代を請求しない約束を取り付けてくれた。
啄木生前最高の理解者について一言ふれておこう。金田一京助（一八八二〜一九七一）は啄木より四歳年長で盛岡中学の先輩。啄木の文学的才能を早くからきわめて高く評価し、援助した。多くの人が啄木を激しく非難した時も態度は変わらなかった。東大の言語学科に在学中からアイヌ語研究を志し（一九〇七年卒業）、啄木上京後の一九〇八年〜〇九年はなけなしの金の中から、合計すると多額にのぼる金銭的援助もおこなった。また失意の啄木を支えようと努めた。啄木没後はの啄木を語り、書いて倦むことがなかった。アイヌ語・アイヌ文化研究等で大きな業績をあげた。

◉一六七頁*312*〈おそらくは〉
岩崎正は啄木が函館に着いた時松岡蕗堂

と駅前の旅館に迎えにいった。それ以来終生の親友となった。短歌をよくした。

◉一七三頁*324*〈とるに足らぬ〉
大島経男は啄木より九歳年長で、啄木は終生尊敬の念を捧げた。啄木が北海道を離れた後も文通は続き、大島宛の手紙は内容上重要なものが多い。

◉一七五頁*328*〈智慧と〉
宮崎郁雨とは一九〇七年七月に親しくなったが、月末には教育召集されて郁雨は第七師団のある旭川に行った。演習の合間に小樽に来て啄木と酒を酌みかわした（一七四頁*326*）。郁雨の父はみその醸造で財をなしていたので、長男の郁雨は多額の金を啄木に融通した。後に、啄木の妻節子の妹、堀合ふきと結婚した。

◉一七七頁*332*〈さりげなき〉
啄木が函館を去る日、吉野章三の妻が出産。啄木はその子の名を選んでやった。吉野とは終生親交が続いた。吉野は短歌をよくした。

◉一八二頁*342*〈かなしきは〉
当時の小樽は北海道産業の集約点。人々は経済活動に熱中して文学どころではない。人々の活況に感動したが、詩人としての居場所はなかった。その切なさが「かなしきは」の五文字に表れている。

◉一九七頁*372*〈伴なりし〉
一行目の「かの代議士」は「かの代議士の」の誤植と思われる。『一握の砂』のこの歌以外の五五〇首中には、七音の句が六音になる例は一つもない。

◉二一八頁*414*〈浪淘沙〉
「浪淘沙」という名の俗謡があり、唐の白楽天がこの曲に合わせて詞を作った。啄木の愛したその「浪淘沙詞六首」中の一首を引く。「青草湖中万里程。黄梅雨裏一人行。愁見㆓灘頭夜泊処㆒。風翻㆓闇浪㆒打㆑

船声。」（青草湖中の万里の旅程を、梅雨（さみだれ）を冒して唯一人行く。早瀬にさしかかって今夜船を泊（はく）すべき処を望めば、風が浪を翻して一入（ひとしお）舷（ふなばた）を敲きつける。——佐久節訳注）

●二一九頁415〈いつなりけむ〉
橘智恵子は札幌のりんご園の娘。啄木より三歳年下。満一六歳の時、函館区弥生尋常小学校に正教員として赴任。啄木と同僚として勤めた期間は一カ月程度だった。その後一度も会ってはいないのに、啄木の智恵子への思慕は年を追って高まり、三年後にこの「忘れがたき人人　二」に結晶した。「智恵子の声が夢の中に訪れた」という一首目に始まり、「長い文を三度もらった」で結ばれる。啄木は智恵子に『一握の砂』を贈った。智恵子も啄木に好意を抱いており、「忘れがたき人人　二」を読んだ時の気持ちの高まりは想像にかたくない。智恵子は贈られた『一握の砂』を、死ぬまで秘蔵した。

●二二四頁424〈馬鈴薯の〉
一九一〇年（明治四三）五月、智恵子は空知郡北村の牧場主北村謹と結婚した。それを知らぬ啄木は、病気になった智恵子が札幌の実家にもどって療養中だと思っていた。

●二三三頁437〈手套を〉
タイトルの意味「どうでもよいようなことを歌にして集めた章」を象徴するような歌。これが二八五頁541の歌と照応するはずだったが、二八六頁543の補注に記したような事情で、照応関係はくずされた。

●二八六頁543〈わが友は〉
今まで見てきたように、完璧な編集を行った啄木であるから、本来なら章の初めや巻の初めの歌とも照応する歌をここに配置するはずであった。しかし、〈わが友は〉の歌はそれらとは照応関係をもたない。実は啄木が『一握の砂』の編集をやり終えた直後、生まれたばかりの長男眞一が急死したのである。啄木は急遽、眞一への挽歌を末尾に加えた（二八六頁544～二九〇頁551）。二八五頁541の〈マチ擦れば〉を最初の構想のまま二八六頁右に据えて置くと、生まれて間もなく死んだ眞一と「白き蛾」のイメージが重なるおそれが生じたのである。こうして二つの歌は入れかえられた。長男への挽歌を加えるために、最後の最後になって、あえて完璧な編集を壊したのである。

〈手套を〉の歌は無限の時間の中の刹那を切り取った歌（啄木内界の小さな出来事）。〈マチ擦れば〉の歌は無限の空間に一瞬現れて消えた蛾の歌（啄木外界の小さな出来事）。両者の照応関係はあざやかである。平岡敏夫は〈マッチ擦れば〉の歌を「マッチの火が照らしたわずか二尺四方の空間に自己の閉塞感をうたいこんでいる」と読んだが、それは巻頭の「東海の小島」歌の第二の意味に照応する。

脚注・補注　近藤典彦

【啄木略伝】

近藤典彦

石川啄木は二〇世紀初めの文学者・思想家。その作品は短歌、詩、小説、評論、日記、書簡に及ぶ。

一八八六年（明治19）二月二〇日、岩手県南岩手郡日戸村曹洞宗日照山常光寺に生まれた（生年月日は戸籍による。名前は一《はじめ》）。父は僧侶の石川一禎《いってい》、母は工藤カツ。姉にサダ、トラ、妹にミツがいた。一が満一歳の時、一家は北岩手郡渋民村の万年山宝徳寺に移住した。

E・H・エリクソンの発達段階説（『幼児期と社会』その他）を参考にすると、一の魂の原初的な生成について以下のようなことが言えると思う。

一は唯一人の男の子・長男として、両親の溺愛と二人の姉の献身的な愛とを満身に受けて育った。

乳児期。母を信じることを通じて、自分自身と世界への信頼・「基本的信頼」を十全に獲得した。それは「希望」すなわち、求めれば必ず得られるという期待、或いは願望は達成できるという確信をもちつづける傾向、の獲得でもあった。

幼児期前期。この段階では自分の衝動や感情をコントロールすること、つまり「自律性」を獲得するのであるが、一の場合両親を始め周囲が寛容に見守ってくれたので、自尊心を伴った制御感としての自律性を獲得できた。したがって「自由意志の感覚」が十全に生まれ育った。

幼児期後期。好奇心や探究心が旺盛になり、自発性を獲得して行く段階である。前述の家族関係と宝徳寺およびその周辺という生活の場は、一の「自発性」の獲得のために非常に恵まれた環境であった。自発性は「目的意識」を生みだす。一にとっておそらく最初の大きな目的は、仏事を営み、本を読み、和歌を作る父一禎の姿であった。

「希望」「自由意志の感覚」「目的意識」といった内在的な活力・人間的な強さは、不断に成長しつつ、石川啄木の一生を脈々と流れて行く。

幼少年期になって啄木の内部に形成されたと思われる二つの資質についても触れておきたい。

曹洞禅・仏教の影響。父一禎は「正法眼蔵随聞記」や「修証義」によって道元の教えを説いて聞かせたらしい。たとえば「無常迅速生死事大《しやうじじだい》と云ふなり。……只今日今時《こんにちこんじ》ばかりと思ふて時光《じくわう》をうしなはず、学道に心をいるべきなり」（随聞記）は啄木の血肉となっていた。かれは生涯時間を非常に大切にし、また勤勉だった。啄木における曹洞禅や仏教の影響は深く多面にわたっていると推定されるが、その研究は緒についたばかりである。

和歌の韻律の摂取。父一禎は生涯に四千首近い歌を作った歌人だった。中でも西行に傾倒したらしく西行風の歌に佳作が多い。一の母カツの長兄葛原対月《かつらはらたいげつ》は東北地方で名の知られた歌人であり、一禎の歌の師でもあった。一は歌人の血を父母双方の家系から受けていた。父の影響で一は幼児期から少年期にかけて和歌の韻律、とくに西行の韻律を摂取したと推定される（啄木は一九歳になっても父から譲られた「山家集」を愛読していた）。

一八九一年（明治24）満五歳で渋民尋常小学校に入学。

一八九五年（明治28）三月、渋民尋常小学校を卒業するや、中学受験のため満九歳で両親の膝下を離れ、盛岡高等小学校に入学。

一八九八年（明治31）優秀な成績で盛岡中学校に入学。盛岡中学の自由な校風のなか一の個性が花開いて行く。

一九〇一年（**明治34**）一月、中学三年生の時、高山樗牛の「文明批評家としての文学者」を読んで深い影響を受ける。

同年四月、中学四年になって与謝野鉄幹の主宰する新詩社の機関誌「明星」一一号を読み（特に晶子の短歌にうたれて）、以後文学に没頭してしまう。岩手日報に短歌や評論を発表する場をもつようになるが、それによって岩手日報紙面のレベルが上がった。

一九〇二年（**明治35**）夏、三年来の恋人堀合節子と渋民の野外で「三夜」を共にする。一〇月末中学校を退学し、樗牛のいう「大詩人」（時代を動かす大文学者・大批評家）になろうと上京するが、惨憺たる情況におちいり幾度も自殺を考えることになる。

翌**一九〇三年**（**明治36**）二月末、父に連れられて敗残の帰郷。以後英書『Wagner』『Surf and Wave』などを読みながら再起を期す。一一月、節子が父堀合忠操の監視の目を盗んで渋民の一を訪問。この二度目の逢瀬の歓びをもとに一は五編の詩をつくり、「明星」に投稿。一二月号に「愁調」と題して五編が載る。この時の筆名が「啄木」。ここに詩人啄木が誕生した。啄木は天才を自任し、はてしなく舞い上がる。

翌**一九〇四年**（**明治37**）一月、啄木と節子はしゃにむに石川・堀合両家を動かして婚約にこぎつける。それを機に一禎から以下のようなことを話されたと推定される。一、総本山に収めるべき宗費一一三円を啄木の盛岡遊学費に使い果たしたこと。二、だからいずれ自分は宝徳寺住職を罷免されるであろうこと。三、したがって近い将来啄木・節子・父・母・妹の五人の生活費を啄木が稼がなくてはならないこと。

年少天才詩人ともてはやされるようになった啄木だが、生活の基本ともいうべき社会に出て働くということはまったく教わっていなかった。かれが見て育ったのは宝徳寺の僧侶一禎の姿だった。勤めに出て働くという観念の無い啄木は、詩集を出して大金を得ようと考え、詩作に励む。

このころかれは樗牛の影響を深く受け、徹底した天才主義（天才崇拝）者になっていた。樗牛によれば、「天才」は「社会の名誉」「国家の宝冠」「人類の光明」であり、「霊性の慰藉」「進歩の理想」「未来の光明」なのである。啄木は、自分もまた将来人々に崇拝されるべき天才の持主であると思いこんだ。そして生涯の至上目的を「自分の天才の実現」においた。かれは思い定めると徹底する人間であったから、文学・思想・生活原理の全てにその主義を貫いた。その至上目的のために人は自分に金銭的援助も惜しむべきではない、のであった。援助がなければ、「借金」をしよう、いつか必ず返すけれど当面返せなくても仕方がない、と考えた。こうして「借金」までが天才主義の一要素となった。ドイツの作曲家・楽劇の創始者リヒャルト・ワーグナーが啄木天才主義の無二のお手本だった。

一〇月末再度の上京。以後半年間啄木は友人からの借金、下宿代の踏み倒し、友人への寄食、東京市長尾崎行雄らからの援助等で凌ぎながら、詩集出版を模索した。

その間の**一九〇五年（明治38）**三月、宝徳寺住職を罷免された一禎一家は路頭に迷う。そしてひたすら啄木の大言壮語を信じて詩集『あこがれ』の出版を待つ。

五月一〇日、待望の『あこがれ』が出る。しかし売れない。全く売れない。したがって金は入らない。盛岡では結婚式の準備をして花婿の凱旋を待っていたが、大金をふところに帰るはずの花婿は結婚式をすっぽかす。かくて東京と盛岡の友人を多数失う。ほとぼりの冷めた六月四日、飄然として盛岡の新居に入る。

しかし、事実上の家長（法律上の家長は一禎）である啄木は働かない。勤めに出るという観念のない啄木にとって、詩人は詩で食って行く、これしか考えられないのである。当面は妻節子の父から借りた一〇〇円で豪勢に暮らしたが、間もなく金は尽きた。借金ももはや思うように行かない。困り果てた啄木は奇手を思いつく。父一禎を宝徳寺に復職させ、父母・妹の扶養義務を振り落とそうというのである。

一九〇六年（明治39） 三月、父の復職運動のために啄木は渋民村に再移住した。四月から渋民尋常高等小学校の代用教員となる。動機は「不純」だが、ついに啄木は勤め人になった。啄木の生涯における大転機の一つである。同僚にはキリスト者の上野《うわの》さめ子がいて啄木のよき話し相手となった。

小学校教員石川啄木は時代を超える教育思想に基づき、卓絶した教育実践を行った。しかし啄木の本意は自分の文学的天才を実現することである。その文学のジャンルを詩から小説に切り替えることにした。七月、「雲は天才である」を書いた。その前半だけをとるなら、おどろくべき傑作である。しかし後半が不出来だった。そのあとは書きつがれず未完の小説で終わった。小説の第二作「面影」を書き上げて出版社に送ったが、売れなかった。一二月には非常に優れた教育評論「林中書」を書く。年末、長女京子が生まれ、父となる。

一九〇七年（明治40） 一月二九日、日記に「天上から詩が急に地上に落ちた……」と記す。一禎の復職運動は失敗に終わり、一家の窮状を見かねた一禎は家出してしまう。啄木はさらに新しい教育実践を行ったが、三月の学年末に退職を決意し、四月、校長を排斥するために高等科の生徒たちを引き連れてストライキを行う。村人の反感を買い「石をもて追はるるごとく」ふるさとを出る。

　五月五日、北海道函館に渡る。函館の文学結社、苜蓿社《ぼくしゆくしや》の文学青年たちが啄木を大歓迎してくれた。啄木と直接連絡を取って函館に招いたのは松岡蕗《ろ》堂《どう》だったが、函館で親しくなったのは岩崎正、吉野章三、並木武雄、宮崎大四郎（郁雨）の四人と丸谷喜市らであった。また、終生尊敬の念を捧げた人に大島経男（流人《るじん》）がいる。みな苜蓿社のメンバーである。六月、函館区弥生尋常小学校の代用教員となった。月給一二円。そこで出会ったのが同僚橘智恵子である。

　函館生活は啄木にとって快適であったが、八月二五日、大火がおこり、函館の三分の二が焼けた。大好きな函館を去らなければならなくなった。啄木は小国露堂の世話で札幌の北門新報に校正係の仕事を見つけた。家族（妻、子、母）も後を追った。札幌に来て啄木は記す。「あゝ我誤てるかな、予が天職は遂に文学なりき」と。校正係ではなく新聞記者の職が小樽にあると聞き、二週間後の九月二七日、小樽に移った。翌日とうとう正規の勤め人・小樽日報新聞記者になった。

記者としては八面六臂の仕事ぶりであったが、他方で詩人らしからぬことをやりはじめた。同時入社の野口雨情が主筆・岩泉泰（江東）の排斥をそそのかし、それに乗ったのである。校長排斥の「前科」がある啄木は排斥隠謀の中心になり、ついに主筆の排斥に成功した（野口は途中で社をクビになった）。啄木の傍若無人ぶり、権謀術数に怒った事務長小林寅吉は札幌から帰って社に立ち寄った啄木に暴力をふるった（一二月一二日）。啄木はそのまま会社を飛び出した。失業者啄木一家は小樽で年を越すはめになった。

翌**一九〇八年（明治41）**一月四日、西川光二郎らの社会主義演説会に出席した。渋民に再移住した一九〇六年（明治39）三月の段階ですでに、世の弱者のために奮闘する社会主義者が気になって仕方がない啄木だった。そんな素地があったので札幌に来て以来、「純正社会主義者」と称する小国露堂の影響を受けはじめた。そして西川の演説を聴いていっそう社会主義思想に関心を持つようになった。この時以後、啄木の文中に近代社会変革の担い手としての「労働者」という言葉が折にふれて出てくるようになる。

啄木は記者生活を通じて、またあからさまな人間関係の中に身を投じて、日本社会を体認しはじめた。

一月一九日、釧路新聞で働くため、かれは妻子・老母を残し単身釧路に向かった。釧路新聞では編集長格として小樽以上に活躍した。とくにそこで書いた「雲間寸観」等の論説にはすぐれたものがたくさんある。また料亭で酒を飲むことも覚え、芸者小奴とは特に仲良くなった。しかし「天職」＝小説という考えが頭を離れることはない。心の指針は東京を向いて動かない。

四月五日､船で釧路を脱出した。函館の宮崎郁雨に、旅費を工面してもらい、妻子・老母の生活まで頼み、二一日、東京へ向かう船に単身乗り込んだ。

東京では盛岡中学校の先輩・四歳年上の金田一京助の世話になった。金田一は早くも一五歳の時の啄木に才能を認め、それ以来一貫して啄木を評価し励ましてきた。

五月上旬から啄木は小説を書きまくった。しかし売れなかった。啄木の才能を高く買っていた森鷗外が売り込んでくれても出版社は渋った。奮闘一カ月、小説を書いて、売れて、大金が入って、家族を呼び寄せるという希望は、詩の時と同様妄想に終わった。自分は天才であるはずなのにさっぱり天才の実が現れない。焦りと不安の中、急に短歌が湧きだして止まらなくなった。

六月二四日午前〇時ころから午前一一時ころまでに一一三首。翌日も歌の奔流はとまらず一四一首。二日で合計二五四首作った。歌人啄木のビッグバンである。

九月、下宿料を払えない啄木は赤心館を追い出されそうになったが、金田一京助が蔵書を売り払って金をつくり、救ってくれた。そして新しい下宿蓋平館に一緒に引越した。新詩社の友人の紹介で一一月から東京毎日新聞（今の毎日新聞の前身ではない）に小説「鳥影《ちょうえい》」を連載することになった。浅草の私娼窟に通うことも覚えた。小説の評判はさっぱりで、一二月末で連載打ち切りとなった。啄木の天才意識は揺らぐ一方だった。

一九〇九年（明治42） 一月、森鷗外を後ろ盾とし、啄木等が創刊した雑誌「スバル」に小説「赤痢」を発表したが、評判は今一つだった。「スバル」二月号に「足跡《そくせき》」を発表したが「早稲田文学」三月号で酷評された。

三月一日から東京朝日新聞社に勤めに出ることになった。校正係の仕事であった。啄木を世話したのは盛岡中学校（中退）の先輩にあたる人で当時東京朝日の名編集長をうたわれる佐藤真一であった。

四月三日、親友・好敵手の詩人、北原白秋から第一詩集『邪宗門』が届けられた。天才白秋の面目を躍如として示す、装丁も豪華な『邪宗門』を読んでいるうちに啄木は深い敗北感に襲われた。日記をローマ字で記し始めた。

そして四月七日、これまで使っていた当用日記をやめ、堅牢な背革黒クロースの洋横罫ノートにローマ字だけの日記を記し始めた。世にいう「ローマ字日記」である。

日記を書くことは啄木自身の半生を総点検する壮絶な煉獄と化した。毎日執拗に小説を書こうとするが、毎日書けないことを思い知らされる。小説が書けないということは自分が「天才」ではなかったことの証明である、と啄木は考えた。一五歳でいだきはじめ、一八歳で不抜のものとなった天才意識、その天才の実現を至上目的として生きてきたこの八年間。自分を「天才」でないと認めた日、それは人生の至上目的が消滅する日であり、苦闘の八年間が無に帰する日である。啄木は、だから小説が書けない自分の現実をどうしても「直視」できなかった。

会社をサボってまで来る日も来る日も同じ悪戦をつづけた。最後の苦闘で気息奄々となったところに、函館から家族が上京してきた（六月一六日）。年貢の納め時がきた。

以後約百日間かけて心の整理をおこなった。そして自分は小説が書けなかった、「天才」ではなかった、と認めた（九月末）。ついに自己の現実を直視したのである。天才主義は克服された。

啄木は真面目な勤め人に変わった。借金もしなくなった。何よりも重要なのはこの世のあらゆることを直視する人間に変身したことであった。

自分自身を、そして世の中を直視する啄木は数々の評論を、詩論（「弓町《ゆみちょう》より」）を、詩（連作「心の姿の研究」など）を生みだしてゆく。啄木は新生した。天才を捨てた時、真の「天才啄木」が誕生したのである。この冬から翌一九一〇年（明治43）二月にかけて、啄木は強権としての日本国家をも直視してしまう。

三月、啄木は自己の詩論にもとづいて、短歌作りを再開し、東京毎日新聞と東京朝日新聞にそれらを発表した。東京朝日新聞社会部長、渋川柳次郎（玄耳。別号藪野椋十）の目にとまった。新生短歌の価値をいちはやく認めた渋川は啄木を励ました。

歌を心ゆくままに作り続ける啄木に一つの悩みが生じていた。日本社会の現実を直視するほどに、この現実を変革しなければならないと思う。そのとき武器になる思想は社会主義であろうと思う。しかしその道を選べば国家・強権と正面からぶつかることになる。自分も家族もどんな目に遭うか知れない。直視はするが、当面は透徹した理性で時代を見極めるところでとどめよう、と思いきわめた。そのとき天皇暗殺計画が発覚し（五月三一日）、翌日から幸徳秋水等がつぎつぎと逮捕・拘束された。大逆事件（幸徳秋水事件）である。

啄木は非常な衝撃を受け、幸徳の思想を知るために社会主義と無政府主義を研究しはじめた。その天才的な読書力をもっていち早くそれらを理会した。そして自身の拠るべき思想としてマルクス・エンゲルスの社会主義を選び取った（七月中旬と推定される）。

八歳年上の親友で、歌人・文学評論家そして弁護士でもある平出修が、大逆事件の被告二人の弁護を引き受けた。啄木は修と事件に関する情報交換を行いまた啓発しあった（この関係は翌年一月まで続けられた。そして文学史上にまた法曹史上に輝かしい成果をのこすことになる）。

七月中旬、評論「所謂《いわゆる》今度の事」を書いた。執筆の目的は新聞を通じて、大逆事件の内容と思想的背景とを広く人々に知らせ、あわせて厳重な取調べを受けている被告達、とりわけ幸徳秋水を間接的に弁護することにあった。しかし東京朝日新聞は掲載不能と判断した。

啄木は新聞社で単に校正の仕事だけをしていたのではない。『二葉亭全集』の編集・校訂も任された。その校訂の関係で入院中の漱石を見舞い、「スモーク」という英書を借りたりもしている（八月）。

啄木は八月下旬から九月上旬にかけて今度は「時代閉塞の現状」を書いた。天皇暗殺計画（大逆事件）の真の犯人は計画した人々ではなく、社会主義者や無政府主義者をそこまで弾圧し抑圧した国家権力（つまり強権）である、と主張した。そしてこの時代閉塞の現状にあっても、青年は敵を研究し、これと闘う道を求めよう、と訴えた。東京朝日新聞はこれも掲載不可能と判断した。

こうして閉塞の極みにあったとき渋川社会部長は歌壇欄を新設し、二四歳の啄木を朝日歌壇の選者に抜擢した。朝日歌壇の好評のなかで啄木は『一握の砂』の創造に乗り出す（この過程は別項「『一握の砂』ができるまで」に記した）。『一握の砂』の印刷が行われているころであろうか啄木は分厚いノート「一握の砂以後（四十三年十一月末より）」を用意した。雑誌の注文に応じて作られた歌々がある程度たまると、四首単位に編集され、このノートに記載されてゆくことになる。後の『悲しき玩具』の底本である。

『一握の砂』刊行（一二月一日）後半月ほどして啄木の体に変調が現れる。二、三カ月にわたる超人的な仕事で弱り切った啄木の体内で、結核菌が猛威をふるい始めたらしい。

一九一一年（明治44） 一月三日、平出修と会い、終結したばかりの大逆事件公判に関する情報を聞く。そして幸徳が獄中から弁護士に宛てた手紙を借りてきて筆写する。一月二四日「日本無政府主義者隠謀事件経過及附帯現象」

をまとめる。二月一日、東大病院で診察してもらったところ「慢性腹膜炎」と診断され（症状・経過から見て現代の専門家は結核性腹膜炎であったと推定）、四日、入院。以後平癒することなく病床生活を送る。

五月「A LETTER FROM PRISON」を執筆。幸徳秋水の「獄中からの手紙」の全文と啄木のコメントからなる貴重な記録である。

六月下旬、未完の手製の詩集「呼子と口笛」を編む。八編の詩のうちはじめの六編は処刑された大逆事件の被告達を讃え、強権を告発するというおそるべきモチーフを潜めた詩である。最後の一編「飛行機」は啄木の絶唱となった。

一一月、「平信」という評論で「この島国の子供騙しの迷信と、底の見え透いた偽善……」と書く。天皇制の最深部を貫く批判である。

一九一二年（明治45） 一月二日、東京市電労働者のストライキに深い関心を寄せ、新しい時代の到来・大正デモクラシー運動の高揚を予見する。三月七日、母カツ死去。後を追うように四月一三日、啄木死去。死因は結核症による全身衰弱。享年二六歳。

【解題】

近藤典彦

『一握の砂』ができるまで

一九〇八年（明治41）四月末に北海道から上京し、六月下旬に歌の奔流を経験した啄木はそれ以後たくさんの歌を作った。そのころは空想的な奇をてらった歌が多かった。

一九〇九年（明治42）「ローマ字日記」という煉獄を経た啄木は「自己の心に起り来る時々刻々の変化を、飾らず偽らず、極めて平気に正直に記載し報告する」詩人・歌人を目指すようになった（詩論「弓町《ゆみちよう》より」）。

一九一〇年（明治43）三月、自分の詩論にもとづいて歌を作り始め、東京毎日新聞、東京朝日新聞に発表していった。新生の啄木短歌に注目したのは東京朝日新聞の社会部長渋川柳次郎（藪野椋十）であった。四月二日、啄木を呼んでかれの歌を大層褒め「出来るだけの便宜を与へるから、自己発展をやる手段を考へて来てくれ」と励ました。千里の馬が伯楽に出会ったのである。

啄木はここ二年間に作った歌をもとに歌集「仕事の後《のち》」(二五五首)を編み、春陽堂に売り込んだが売れなかった。しかし歌作は続けられ秀歌が続々と作られていった。

八月三―四日夜「仕事の後」の第二次編集を行った。妻の出産費用捻出の意味もあった。

出産の近づいた一〇月四日「仕事の後」の原稿を東雲堂に持ち込んだ(歌数は三七五首前後)。二〇円で買い取られる事になった。

啄木は原稿をもちかえり書き換えを始めた。まず最初の原稿から三〇～四〇首削り、即席の歌を七五首前後加えた。これらはほとんどが北海道時代の回想歌であった。「忘れがたき人人」の章の原形(一〇四首前後)が突然出現したのである。同時に、全ての歌を三行書きにあらためた。こうして空前絶後の「三行歌・詩集」が誕生することになる。

つぎにまだ二二首しかなかったグループに七九首の即席の歌を加えた。ここでも突然一〇一首からなる「煙」の章が出現した。

即席の歌の合計一五四首前後はどれも傑作で、のちに人口に膾炙する名歌が多い。

そのほかにも一〇六首（！）前後をこれも即席でつくり、「我を愛する歌」「秋風のこころよさに」「忘れがたき人人」「手套を脱ぐ時」に配分した。その過程で「忘れがたき人人」に橘智恵子のための第二節を設けた。こうして現在見る形の五章仕立てとなった。

二六〇首の新作・再編集・再割付・清書が完了し全五四三首からなる完璧な原稿ができたのは、一〇月一六日午前であろう。この約一〇日間になした仕事の質と量は超人的である。

出版社が見本組みを啄木に届けた一〇月二七日、生後二四日の長男眞一が亡くなった。啄木は一一月初めに眞一への挽歌八首を末尾に加えた。そのため完璧な編集・割付に瑕瑾《かきん》を生ずる事になったが、父親である啄木は挽歌の付加を優先した。

こうして一九一〇年（明治43）一二月上旬、全五五一首からなる『一握の砂』が東雲堂書店から出版された。啄木満二四歳の時であった。

以上の経過から分かるように、『一握の砂』の五五一首全ては東京で作られたものである。渋民や盛岡また北海道で作られた歌は一首もない。全ての歌は一九〇八年（明治41）六月下旬から一〇年（明治43）一一月上旬までの間に作られた。しかも五五一首中の八割以上は一九一〇年（明治43）に作られたのである。

なお藪野椋十（渋川柳次郎）の序文は、その後無数に書かれた『一握の砂』評の嚆矢《こうし》であり、今も読むに価する。

『一握の砂』の特質

次に啄木短歌の特質を見てみよう。

キーワードとして「二重の明晰性」を掲げたい。啄木「短歌」の明晰性と啄木の「頭脳」の明晰性である。

啄木短歌は分かりやすい。そして分かりやすいために、こんなやさしい歌は誰でも作れるなどという、ひどい誤解を生んだ。しかし啄木以後、だれも啄木のように明晰な歌は作れていない。

なぜか。啄木のように頭脳明晰な人は希有だからである。それも最高度の明晰さが一日中（起きている間中）つづく人なのである。井上ひさし氏のつぎの言は言い得て妙である。「瞬時もぼんやりしていない人なんです。頭が絶えずものすごい高速回転で回っている人です。ぼんやりしながら何か詠もうかと言うのではなくて、何か対象をつかまえた瞬間に言葉も同時に出てくるような、頭の動きの大変に速い人だと思います。」（「国文学　解釈と鑑賞」二〇〇四年二月号）

この頭脳を駆使する啄木はすぐれた批評家でもあった。その眼差しは日本全国はおろか隣国の朝鮮・中国に及び、はては北半球の反対側（西欧）にまで及んだ（世界的な視野の広がりと確かさを示す多くの評論がある）。他方でその目は身近な人々の行動を心理を批評していた。なによりもだれよりも自分自身の意識を批評した。それも批評しようと思ってするのではない。勝手に対象が啄木の意識に飛び込んできて言葉が瞬時に生まれ、短歌となってしまうのである。

啄木は詩では志を述べたが、歌では述べようとしなかった。歌では忙しい日常生活にあって心に浮かぶ、ありとある断片的な思いをうたった。啄木は人生の一瞬一瞬を、つまりは命の一瞬一瞬をこよなく大切にした。その命の一瞬を、日記よりももっと手軽に記録できるのが啄木にとっては歌だったのだ。

一九一〇年（明治43）の啄木は、時代閉塞の現状を特に痛切に感じるようになった。時の権力（強権）を前に為すすべもなく日々が、一瞬一瞬が、推移して行くことを嘆き、その一瞬一瞬をとくに惜しんだ。『一握の砂』の歌々の八割以上がこの年の歌であるということには特別の意義がある。啄木の精神がもっとも充実した時期であったから、歌にその充実が自ずと込められた。内面に充満する時代批判を国家権力に封殺された啄木は、歌に噴出口を求めたのである。切ない望郷の歌々も甘美でさえある青春の歌々も忘れがたき人々の歌々も、そうした啄木の命の結晶なのである。

のちに五行歌を創始した草壁焰太氏がつぎのように言うのは、まことに正鵠《せいこく》を得ている。「啄木の歌は、その奥底を見れば、『意識歌』といってもよいかもしれない。放心、抒情などによってかくされているが、ほかのいかなるうたびとよりも、意識世界を深く深く掘りさげ、自分の人生、社会、生活、日常の瞬間を鋭くとらえている。」（『石川啄木　「天才」の自己形成』講談社）

こうして啄木短歌は、同時代人だけでなく現代人の、日本人だけでなく世界の人の「心の索引」（井上ひさし）となるのである。

ここまでは短歌を作者の側から見てきた。今度は短歌そのものを見てみよう。

音楽性。与謝野鉄幹、正岡子規、佐佐木信綱、与謝野晶子、山川登美子、

平野万里、前田夕暮、若山牧水、土岐哀果、吉井勇、石川啄木、北原白秋、伊藤左千夫、長塚節、斎藤茂吉、島木赤彦……。これらは『一握の砂』が出た一九一〇年（明治43）前後に輩出した代表的な歌人たちである。近現代短歌の黄金時代であるのみならず、万葉集以来の和歌史上の黄金時代の一つではなかろうか。この時代の歌人たちの歌は調べが美しい。おもわず朗誦を誘う。音楽的なのである。わけても啄木短歌はもっとも多くの人々に愛誦された。

小説性。啄木は小説家としては大成する前に亡くなった。しかしその作家修業は歌の中に生きている。「巻煙草口にくはへて／浪あらき／磯の夜霧に立ちし女よ」（325）、「真夜中の／倶知安駅に下りゆきし／女の鬢の古き痍あと」（336）などが好例であろう。「啄木をめぐる人々」の研究が非常に盛んなのも、啄木が歌の中で人物をあまりに深く鮮やかに彫り出したため、三一文字の奥に拡がるその人の人生を知りたくなるのである。

絵画性。「人がいふ／鬢のほつれのめでたさを／物書く時の君に見たりし」（423）はまるで美人画を眺めているようである。「むらさきの袖垂れて／空を見上げゐる支那人ありき／公園の午後」（531）は人物画。「春の雪／銀座の裏の三階の煉瓦造に／やはらかに降る」（453）は風景画。啄木は言葉によるデッサンの名人だった。

演劇性。「宗次郎に／おかねが泣きて口説き居り／大根の花白きゆふぐれ」(227)、「殴らむといふに／殴れとつめよせし／昔の我のいとほしきかな」(350)、「きしきしと寒さに踏めば板軋む／かへりの廊下の／不意のくちづけ」(401)など芝居の一場面のようである。

社会性。編者が『啄木短歌に時代を読む』一冊を著したほど、啄木の歌には時代と社会を映したものが多い。二〇世紀初めの批評家石川啄木が歌の中に顔を出すのである。

はたらけど
はたらけど猶わが生活楽にならざり
ぢつと手を見る

この歌は代表的な一首である。この一首は資本主義と貧困に関する社会科学的認識（一〇〇年を経ても共感を得るにふさわしい基礎）のうえに作られたのである。

つぎに歌集としての特長にふれよう。

編集・割付の巧緻については別の場所でふれた。

五大テーマ。歌人三枝昂之氏は言う。近代短歌の三大テーマは青春、病気、貧乏であるが、啄木の歌集はそのほかに望郷、社会意識というテーマをも内包していて他に類例がない、と（「新日本歌人」二〇〇八年四月号）。また「居場所のないわたし」というテーマもふくんでいてまことに現代的でもある、と言う。「何となく汽車に乗りたく思ひしのみ／汽車を下りしに／ゆくところなし」(39)を例にあげ、「行きたい場所がないだけではなくて、今いるこの場所も自分の居場所ではない」とうたっている、というのである。つまり「自分探し」をしているのだ、と。

構造性。全五章はこんな構成になっている。第一の章「我を愛する歌」では現在の自分の心の姿百態をうたう。第二章「煙　一」では青春期・盛岡中学時代にさかのぼって回想の自分をうたう。「二」ではさらにさかのぼり幼少年期を過ごしたふるさとへの恋しさと、幼少年期の回想をうたい、最後に魂の帰郷をはたして現在にもどる。第三章「秋風のこころよさに」は他の四章とは歌風のちがう一九〇八年（明治41）の歌、すなわち抒情的・感傷的・象徴的な、また古典の影響を留めた歌々を主として集め、読者を一旦爽やかな秋の世界にいざなう。第四章は北海道漂泊の一年に出会った人々をうたう。この一年は啄木にとって人間と社会を学ぶ上で特別に意味のある時期だった（ついでに言えば、まだ詩歌でうたわれることのなかった北海道は、啄木によって初めて、歌となり詩となったのである）。第五章は現在に還り、第一章の現在と相応じつつ巻をしめくくる。これほどみごとに計算された構造をもつ歌集は外にないであろう。

伝記性。啄木ほど自分自身を愛した人もめずらしい。愛する自分をうたいつづけているうちに『一握の砂』は一九一〇年（明治43）までの人生を網羅してしまった。一九一〇年一一月末以後の日常詠（それも病床詠が多い）からなる第二歌集『悲しき玩具』との決定的なちがいである。二四年間の生活のたぐいまれな濃密さと、その半生を愛惜する気持ちと、対象を余すところなく歌にすくい取る才能とが、この希有の歌集を生んだのである。

三行詩集。『一握の砂』が三行歌集であることは周知に属するが、本書「まえがき」で述べたようにこの歌集は三行詩集でもある。石川啄木は詩と短歌の双方において高度の業績を残した点で、北原白秋と双璧をなす。啄木はその高度の詩の技巧とセンスを駆使して行分けをおこなったのである。他のどんな歌人たちにも真似の出来ない仕事であった（土岐哀果の三行書きは啄木のような目的意識はなく、またかれは詩人ではなかった）。この点でも『一握の砂』は『悲しき玩具』とならんで他に類例のない歌集なのである。

『一握の砂』索引

（あ）

愛犬の耳斬りてみぬ……一四
あをじろき頬に涙を……一九一
青空に消えゆく煙……八二
青に透くかなしみの玉に……一三六
赤赤と入日うつれる……二四六
赤紙の表紙手擦れし……二六八
垢じみし袷の襟よ……五八
アカシヤの
街樾《なみき》にポプラに……一八〇
赤煉瓦遠くつづける……二四〇
秋来れば恋ふる心の……一五四
秋立つは水にかも似る……一三九
秋の雨に逆反りやすき……一五五
秋の風今日よりは彼の……七五
秋の声まづいち早く……一四〇
秋の空廓寥として……一四七
秋の辻四すぢの路の……一四〇
秋の夜の鋼鉄の色の……一五二
空家に入り煙草のみたる……二二
呆れたる母の言葉に……一五
呿呻《あくび》噛み夜汽車の窓に……一七八
朝朝のうがひの料の……二五六
あさ風が電車のなかに……二六〇
浅草の夜のにぎはひに……一三
浅草の凌雲閣の……四二
朝な朝な支那の俗歌を……一七一
朝の湯の湯槽のふちに……二三四
朝はやく婚期を過ぎし……三七
朝まだき
やつと間に合ひし……二六二
新しきインクのにほひ……四八
あたらしき木のかをりなど……二四二
あたらしき心もとめて……六六
新しきサラドの皿の……二四七
あたらしき背広など着て……四一
新しき本を買ひ来て……二三六
あたらしき洋書の紙の……一七〇
あまりある才を抱きて……五〇
飴売のチヤルメラ聴けば……一〇九
あめつちにわが悲しみと……一五九
雨つよく降る夜の汽車の……一七九
雨に濡れし夜汽車の窓に……一七八
雨降ればわが家の人……二七
あらそひていたく憎みて……一八七
曠野《あらの》より帰るごとくに……二七七
ある朝のかなしき夢の……五六
或る時のわれのこころを……六一
ある年の盆の祭に……一一六
ある日のこと室の障子を……六二
あはれかの男のごとき……二二六
あはれかの国のはてにて……二〇五
あはれかの眉の秀でし……一八八
あはれかの眼鏡の縁を……一六八

あはれかの我の教へし……一一二
あはれなる恋かなと
　ひとり呟きて……二七三
あはれ我がノスタルジヤは　…一二三

（い）

いかにせしと言へば
　あそじろき……二二〇
怒る時かならずひとつ……二〇
いくたびか死なむとしては　…一七二
いささかの銭借りてゆきし　…一八三
石をもて追はるるごとく……一一三
石狩の美国といへる……一八二
石狩の都の外の君が家……二三九
石ひとつ坂をくだるが……九三
意地悪の大工の子なども……一一八
椅子をもて我を撃たむと……一八五
いそがしき生活のなかの……二三七
いたく汽車に疲れて猶も……二〇〇
いたく錆びしピストル……四
一度でも我に頭を……四九
何処《いづく》やらむかすかに虫の……一一
いつしかに泣くといふこと　…一四八
いつしかに情をいつはる……二三三
一隊の兵を見送りて……五九
いつなりけむ夢にふと……二一九
何時なりしかかの大川の……二五〇
いつ見ても毛糸の玉を……二七〇
いつも逢ふ電車の中の……二一
いつも来るこの酒肆の……二六四
いつも睨むラムプに飽きて……六五
糸きれし紙鳶《たこ》のごとくに……一〇四
いと暗き穴に心を……一三
蛼《いとど》鳴くそのかたはらの……一四九
田舎めく旅の姿を……九七
いのちなき砂のかなしさよ……六
今は亡き姉の恋人の……九〇
いらだてる心よ汝は……七二
岩手山秋はふもとの……一五三

（う）

雨後の月ほどよく濡れし……一四七
うす紅く雪に流れて……一九五
うすのろの兄と不具の……一一六
うすみどり飲めば身体が……六四
薄れゆく障子の日影……二三八
うたふごと駅の名呼びし……二〇一
打明けて語りて何か……五一
腕拱《く》みてこのごろ思ふ……二一五
うぬ惚るる友に合槌……五六
うらがなしき夜の物の音……一五九
裏山の杉生のなかに……二五七
売り売りて手垢きたなき……二六七
売ることを差し止められし……二六八
うるみたる目と目の下の……二七〇
愁ひある少年の眼に……九四
愁ひ来て丘にのぼれば……一三九

（え）

葡萄色《えびいろ》の長椅子の上に ……二七一
葡萄色の古き手帳に ……二一七
演習のひまにわざわざ ……一七四
遠方に電話の鈴の ……五八

（お・わ・を）

汪然《わうぜん》としてああ酒の ……一四九
大いなる彼の身体が ……三〇
大いなる水晶の玉を ……五五
大形の被布の模様の ……一一七
大川の水の面を見るごとに ……一七五
おほどかの心来れり ……四七
をさなき時橋の欄干に ……一六七
孩児《をさなご》の手ざはりのごとき ……二八〇
治まれる世の事無さに ……一九〇
おそ秋の空気を三尺 ……二八八
おそらくは生涯妻を ……一六七
おちつかぬ我が弟の ……二五三
おどけたる手つきをかしと ……九六
男とうまれ男と交り ……七四
己が名をほのかに呼びて ……八二
思出のかのキスかとも ……二八二
思ふてふこと言はぬ人の ……一五五
親と子とはなればなれの ……三九
女ありわがいひつけに ……七三

（か）

顔あかめ怒りしことが ……七二
顔とこゑそれのみ昔に ……二〇四
鏡とり能ふかぎりの ……一四
鏡屋の前に来てふと驚きぬ ……二一
かぎりなき智識の欲に ……九五
かくばかり熱き涙は ……一五一
学校の図書庫の裏の ……八九
かなしきは秋風ぞかし ……一三六
かなしきは飽くなき利己の ……二四
かなしきはかの白玉の ……二一〇
かなしきは喉のかわきを ……四九
かなしきは小樽の町よ ……一八二
かなしくも夜明くるまでは ……二九〇
かなしみといはばいふべき ……八五
かなしみの強くいたらぬ ……二八九
かなしめば高く笑ひき ……一七六
かにかくに渋民村は ……一一一
かの家のかの窓にこそ ……一三〇
かの声を最一度聴かば ……二二六
かの旅の汽車の車掌が ……八三
かの旅の夜汽車の窓に ……二六三
かの時に言ひそびれたる ……二二二
かの年のかの新聞の ……一八五
かの船のかの航海の ……三九
かの村の登記所に来て ……一一四
壁ごしに若き女の ……二六五
神有りと言ひ張る友を ……九二

神無月岩手の山の初雪の……一四六
神のごと遠く姿を……二二六
樺太に入りて新しき……一九〇
かりそめに忘れても見まし……一四五
乾きたる冬の大路の……二四六
閑古鳥鳴く日となれば……二二四
神寂びし七山の杉……二三七

（き・け）

気がつけばしつとりと……二七六
きしきしと寒さに踏めば……二一二
汽車の旅とある野中の……二六二
汽車の窓はるかに北に……二一八
気にしたる左の膝の……二六六
気ぬけして廊下に立ちぬ……六三
気の変る人に仕へて……三四
君来るといふに夙く起き……二五三
君に似し姿を街に……二二六
今日《けふ》逢ひし町の女の……二六一
今日聞けばかの幸うすき……二二五
興来れば友なみだ垂れ……一〇〇
教室《けふしつ》の窓より遁げて……八四
共同の薬屋開き儲けむと……一九一
京橋の滝山町の新聞社……二五九
今日よりは我も酒など……二六九
気弱なる斥候のごとく……二七五
霧ふかき好摩の原の……二一八
銀行の窓の下なる舗石の……二七八

（く）

草に臥ておもふことなし……一六
くだらない小説を書きて……七五
邦人《くにびと》の顔たへがたく……六〇
郷里《くに》にゐて身投げせしこと……二一六

（け）

芸事も顔もかれより……二〇八
けものめく顔あり口を……三八

（こ・か）

公園のかなしみよ君の……二八三
公園の木の間に小鳥……二八一
公園の隅のベンチに……二八三
公園のとある木蔭の……二八四
かうしては居られずと……六二
皎《かう》として玉をあざむく……一三五
ごおと鳴る凩のあと……一九九
こほりたるインクの罎を……二〇四
こころざし得ぬ人人の……一七六
こころみにいとけなき日の……一四三
こころよき疲れなるかな……三五
こころよく人を讃めてみたく……二六
こころよく我にはたらく……一二
こころよく春のねむりを……二四〇
心より今日は逃げ去れり……四六
不来方《こずかた》のお城の草に……八五
こそこその話がやがて……四三

こつこつと空地に石を……五七
ことさらに燈火を消して……四一
事もなく且つこころよく……五五
コニヤックの酔ひのあとなる…二四五
このごろは母も時時……一一〇
この次の休日に一日……六〇
この日頃ひそかに胸に……二八
小春日の曇硝子に……二五八
こみ合へる電車の隅に……一三
古文書のなかに見いでし……二三七
小奴といひし女の……二〇七
子を負ひて雪の吹き入る……一九一
今夜こそ思ふ存分……一九八

（さ）

さいはての駅に下り立ち……二〇三
先んじて恋のあまさと……九九
酒のめば鬼のごとくに……一八九
酒のめば刀をぬきて……一二一
酒のめば悲しみ一時に……二〇五
札幌にかの秋われの……一八〇
「さばかりの事に死ぬるや」……一八
さびしきは色にしたしまぬ……二三五
三味線の絃のきれしを……二一五
さらさらと雨落ち来り……一四二
さらさらと氷の屑が……二一三
さりげなき高き笑ひが……一七七
さりげなく言ひし言葉は……二二〇

（し・ぢ・せ）

潮かをる北の浜辺の……一六三
自が才に身をあやまちし……九六
叱られてわつと泣き出す……七〇
時雨降るごとき音して……一五七
ぢつとして黒はた赤の……六三
しつとりとなみだを吸へる……七
しつとりと水を吸ひたる……三七
実務には役に立たざる……三〇
死にし児の胸に注射の……二八八
死にしとかこのごろ聞きぬ……二一三
死にたくてならぬ時あり……五九
死にたくはないかと言へば…二〇八
死ぬことを持薬をのむが……三一
死ぬばかり
　我が酔ふをまちて……二〇九
死ぬまでに一度会はむと……二二八
死ね死ねと己を怒り……三八
しみじみと物うち語る……二二七
しめらへる煙草を吸へば……二五一
師も友も知らで責めにき……八四
十月の朝の空気に……二七九
十月の産病院の……二七九
小学《せうがく》の首席を我と争ひし……一一五
小心《せうしん》の役場の書記の……二一〇
しらしらと氷かがやき……二〇三
しらなみの寄せて騒げる……一七〇
知らぬ家たたき起して……二一九

城址の石に腰掛け禁制の……八八
白き皿拭きては棚に……二四五
白き蓮沼に咲くごとく……二六五
真剣になりて竹もて……三三
尋常のおどけならむや……四三
しんとして幅広き街の……一八一

（す）

水蒸気列車の窓に……一九八
水晶の玉をよろこび……五四
吸ふごとに鼻がぴたりと……二一四
すがた見の息のくもりに……二四八
すずしげに飾り立てたる……二五二
ストライキ思ひ出でても……九一
砂山の裾によこたはる……六
砂山の砂に腹這ひ初恋の……五
するどくも夏の来るを……二五二
摩れあへる肩のひまより……一四四

（せ）

寂莫を敵とし友とし……二〇〇

（そ）

宗次郎におかねが泣きて……一一九
底知れぬ謎に対ひて……二八九
そことなく蜜柑の皮の……二四三
そのかみの愛読の書よ……九三
そのかみの学校一のなまけ者……九七
そのかみの神童の名の……一三一
その名さへ忘られし頃……一一八
その後に我を捨てし友も……八八
その膝に枕しつつも……二二三
その昔小学校の柾屋根に……一〇七
その昔揺籃に寝て……一四五
そのむかし秀才の名の……一〇二
蘇峯の書を我に薦めし……九五
空色の罎より山羊の……二四七
空知川雪に埋れて……一九九
空寝入生呿呻《あくび》などなぜ……三六
それとなく郷里のことなど……一一〇
それもよしこれもよしとて……三一
そを読めば愁ひ知るといふ……一三七

（た）

大海にむかひて一人……四
大海のその片隅に……二六九
大といふ字を百あまり……七
ダイナモの重き唸りの……三三
大木の幹に耳あて小半日……一七
高きより飛びおりるごとき……二七
高山のいただきに登り……一九
出しぬけの女の笑ひ……二〇六
誰そ我にピストルにても……七七
ただひとり泣かまほしさに……四七
たのみつる年の若さを……一六四
旅七日かへり来ぬれば……二三六

旅の子のふるさとに来て……一六〇
たひらなる海につかれて……二六一
田も畑も売りて酒のみ……二一一
誰が見てもとりどころなき…五二
誰が見てもわれをなつかしく…六四
たはむれに母を背負ひて……九
たんたらたらたんたらたらと
　雨滴が……六一

（ち）

智慧とその深き慈悲とを……一七五
近眼にておどけし歌を……一〇二
力なく病みし頃より……一五〇
父のごと秋はいかめし……一五三
千代治等も長じて恋し……一一五
ちょんちょんと
　とある小藪に頬白の……二七八

（つ）

つかれたる牛のよだれは……四五
つくづくと手をながめつつ……二三五
伴《つれ》なりしかの代議士……一九七

（て）

手が白く且つ大なりき……二六
敵として憎みし友と……一九二
手にためし雪の融くるが……二三七
手套を脱ぐ手ふと休む……二三三
手も足も室いつぱいに……二一四

（と）

とある日に酒をのみたくて……五四
東海の小島の磯の白砂に……三
遠くより笛ながながと……二〇二
遠くより笛の音きこゆ……三二
とかくして家を出づれば……四四
時ありて子供のやうに……四四
時ありて猫のまねなど……二七四
時として君を思へば……二二八
どこやらに杭打つ音し……二五四
何処やらに沢山の人が……二〇
何処やらに若き女の……二四四
年ごとに肺病やみの……二二三
十年《ととせ》まへに作りしといふ……二一四
友がみなわれよりえらく……六六
友として遊ぶものなき……二二四
友はみな或日四方に……一〇三
友よさは乞食の卑しさ……四八
友われに飯を与へき……一六八
取りいでし去年の袷の……二六六
とるに足らぬ男と思へと……一七三
どんよりとくもれる空を……五一

（な）

長き文三年のうちに……二三〇
長く長く忘れし友に……一五二
長月も半ばになりぬ……一五四

汝が痩せしからだはすべて……一八四
泣くがごと首ふるはせて……一八三
亡くなれる師がその昔……一〇七
殴らむといふに殴れと……一八六
夷《なだら》かに麦の青める……二五六
夏来ればうがひ薬の……二三四
夏休み果ててそのまま……九〇
何がなしに頭のなかに……五七
何がなしに息きれるまで……四一
何がなしにさびしくなれば……二三
何かひとつ不思議を示し……六九
何事も思ふことなく
　いそがしく暮らせし……七六
何事も思ふことなく
　日一日……二〇二
何事も金金とわらひ……七七
何すれば此処に我ありや……六七
何となく汽車に乗りたく……二二
何もかも行末の事……五三
何やらむ穏かならぬ……四六
名のみ知りて縁もゆかりも……一九七
なみだなみだ
　不思議なるかな……一五
波もなき二月の湾に……二一五
汝三度この咽喉に剣を……一八七

（に）

にぎはしき若き女の……二四四
西風に内丸大路の桜の葉……九二
庭石にはたと時計を……七一
人間のつかはぬ言葉……六五

（ぬ）

盗むてふことさへ悪しと……七〇

（の）

乗合の砲兵士官の剣の鞘……一九六

（は）

肺を病む極道地主の……一一九
函館の青柳町こそ……一六九
函館の臥牛の山の半腹の……一七二
函館のかの焼跡を……二二三
函館の床屋の弟子を……一六五
箸止めてふつと思ひぬ……三六
はたはたと黍の葉鳴れる……一四三
はたらけどはたらけど猶……五三
はてもなく砂うちつづく……一五八
はても見えぬ真直の街を……七六
放たれし女のごとき……七一
花散れば先づ人さきに……八九
茨島の松の並木の街道を……九八
腹すこし痛み出でしを……一九六
春の街見よげに書ける……二四三
春の雪銀座の裏の三階の……二四一
馬鈴薯のうす紫の花に降る……一二三

馬鈴薯の花咲く頃と……二三四
晴れし空仰げばいつも……八六
晴れし日の公園に来て……二八二

(ひ・へ)

ひさしぶりに公園に来て……二八一
ひでり雨さらさら落ちて……一四六
人ありて電車のなかに……六七
人がいふ鬢のほつれの……二三三
人みなが家を持つてふ……六八
ひと塊の土に涎し泣く母の……八
人気なき夜の事務室に……二五四
人ごみの中をわけ来る……一〇〇
ひとしきり静かになれる……二四八
人といふ人のこころに……六九
人並の才に過ぎざる……五二
ひとならび泳げるごとき……二五八
人ひとり得るに過ぎざる……一五〇
ひと夜さに嵐来りて築きたる……五
皮膚がみな耳にてありき……二七五
非凡なる人のごとくに……二九
ひやひやと夜は薬の……二三八
ひややかに清き大理石に……二二一
ひややかに罎のならべる……二四九
病院の窓のゆふべの……二五〇
剽軽《へうきん》の性なりし友の……二三四
飄然《へうぜん》と家を出でては……一〇
漂泊《へうはく》の愁ひを叙して……一七一
平手もて吹雪にぬれし……一八九
火をしたふ虫のごとくに……二一一

(ふ)

ふがひなきわが日の本の……七三
二三こゑいまはのきはに……二八七
二日前に山の絵見しが……一〇九
ふと思ふふるさとにゐて……一〇六
ふと深き怖れを覚え……一九
ふと見ればとある林の……二六三
船に酔ひてやさしくなれる……一六六
ふるさとに入りて先づ心……二九
ふるさとのかの路傍の……一〇八
ふるさとの空遠みかも……一三五
ふるさとの村医の妻の……一一四
ふるさとの父の咳する……一〇
ふるさとの土をわが踏めば……二九
ふるさとの停車場路の……一三一
ふるさとの寺の御廊に……一四二
ふるさとの訛なつかし……一〇五
ふるさとの麦のかをりを……一六九
ふるさとの山に向ひて……一三三
ふるさとを出で来し子等の……一一二
解剖《ふわけ》せし蚯蚓のいのちも……九四

(へ)

へつらひを聞けば腹立つ……二八

(ほ)

燈影《ほかげ》なき室に我あり父と母……九
ほそぼそと
　其処ら此処らに……………二七一
ほたる狩川にゆかむと…………二二一
ほとばしる喞筒《ポンプ》の水の…………八三
頬につたふなみだのごはず………三
ほのかなる朽木の香り………一五六
頬の寒き流離の旅の…………二二〇

（ま）

舞へといへば
　立ちて舞ひにき…………二〇九
巻煙草口にくはへて…………一七四
負けたるも我にてありき　…一八六
真白なる大根の根の…………二八七
真白なるラムプの笠に
　手をあてて…………………二七三
真白なるラムプの笠の
　瑕のごと………………………二二二
マチ擦れば二尺ばかりの……二八五
松の風夜昼ひびきぬ…………一五六
窓硝子塵と雨とに……………二三九
真夜中の倶知安駅に…………一七九
まれにあるこの平なる…………一八

（み）

水潦《みづたまり》暮れゆく空と…………一三八
水のごと身体をひたす………二七四
みぞれ降る石狩の野の………一九三
三度ほど汽車の窓より………一六四
路傍《みちばた》に犬ながながと……………三二
路傍の切石の上に……………四五
見てをれば時計とまれり……二五五
港町とろろと鳴きて…………二五七
見もしらぬ女教師が…………一三〇
風流男《みやびを》は今も昔も泡雪の……一四四
見よげなる年賀の文を………一〇一

（む）

六年ほど日毎日毎に…………二三九
むやむやと口の中にて………一七三
むらさきの袖垂れて空を……二八〇

（め）

目さまして猶起き出でぬ………八
目になれし山にはあれど……一四一
目の前の菓子皿などを…………四〇
目さましてややありて耳に…二五五
目を閉ぢて傷心の句を………一六六
目をとぢて口笛かすかに……二八五
眼を病みて黒き眼鏡を…………九八
目を病める若き女の…………二四二

（も）

若《も》しあらば煙草恵めと……………二七七
物怨ずるそのやはらかき……一五一

ものなべてうらはかなげに……一三八
百年《ももとせ》の長き眠りの……二二五
盛岡の中学校の露台の……九一
森の奥遠きひびきす……一五七
森の奥より銃声聞ゆ……一七

（や）

やとばかり桂首相に……七八
やまひある獣のごとき……一〇六
病のごと思郷のこころ……八一
山の子の山を思ふが……二三四
病むと聞き癒えしと聞きて……二三五
やや長きキスを交して……二四九
やはらかに積れる雪に……二二三
やはらかに柳あをめる……一一三

（ゆ）

ゆゑもなく海が見たくて……二六〇
ゆゑもなく憎みし友と……二六七
雪のなか
　処処に屋根見えて……二〇一
夢さめてふつと悲しむ……一〇一
ゆるぎ出づる汽車の窓より……一九三

（よ・ゑ）

夜明けまであそびてくらす……六八
酔《ゑ》ひてわがうつむく時も……二一一
用もなき文など長く……二五一
よく怒る人にてありし……二五九
よく叱る師ありき髯の……八七
よく笑ふ若き男の……四〇
よごれたる足袋穿く時の……二一七
よごれたる煉瓦の壁に……二四一
世の中の明るさのみを……二二一
夜の二時の窓の硝子を……二七二
世のはじめまづ森ありて……一五八
よりそひて深夜の雪の……二〇七
夜おそくつとめ先より……二八六
夜おそく停車場に入り……二七六
夜おそく戸を繰りをれば……二七二
夜寝ても口笛吹きぬ……八六
世わたりの拙きことを……一八四

（り）

龍《りよう》のごとくむなしき空に……二三五

（ろ）

浪淘沙ながくも声を……二一八

（わ）

わがあとを追ひ来て知れる……一六五
わが抱く思想はすべて……七四
わが従兄野山の猟に……二二〇
わが思ふことおほかたは……二二五
わが恋をはじめて友に……一〇四
わがこころけふもひそかに……九九
若くして数人の父と……一七七

わが去れる後の噂を……………一九四
わがためになやめる魂を…………二二六
わが妻に着物縫はせし…………一八八
わが妻のむかしの願ひ…………一〇三
わが友は今日も母なき…………二八六
わが泣くを少女等きかば…………一一
わが為さむこと世に尽きて……一四一
わが庭の白き躑躅を……………二二七
わが髭の下向く癖が……………一六
わが室に女泣きしを……………二一八
わが村に初めて
　イエス・クリストの…………二二七
わが宿の姉と妹の………………一八一
わが酔ひに心いためて…………二〇六
わかれ来て燈火小暗き…………二六四
わかれ来て年を重ねて…………二三九
わかれ来てふと瞬けば…………一九四
わかれをれば妹いとしも………一〇八
忘られぬ顔なりしかな…………二八四
忘れをれば
　ひよつとした事が……………二三五
忘れ来し煙草を思ふ……………一九五
われ饑ゑてある日に細き………一四八
われと共に小鳥に石を…………八七
我と共に栗毛の仔馬……………一一七
我に似し友の二人よ……………五〇
我ゆきて手をとれば……………一一二

一握《いちあく》の砂《すな》

2017年10月28日　第1刷発行
2022年12月 1日　第2刷発行

著　者　石川啄木《いしかわたくぼく》
編　者　近藤典彦

カバー絵　三浦千波
発行者　山田武秋
発行所　桜出版
岩手県紫波町犬吠森字境122番地
〒028-3312
Tel.（019）613－2349
Fax.（019）613－2369

印刷製本　シナノ書籍印刷株式会社

ISBN978-4-903156-23-1 C0192
落丁乱丁本はお取り替え致します。
定価はカバーに表示してあります。

©Norihiko Kondo 2017, Printed in Japan

石川啄木研究100年の集大成
啄木歌集の定本！ 堂々、完成！

近藤典彦編
石川啄木
悲しき玩具
一握の砂以後（四十三年十一月末より）
●付録●
幻の歌集 仕事の後

近藤典彦編
『一握の砂』とあわせてお読み下さい。

石川啄木研究の第一人者・近藤典彦氏が、啄木研究100年の成果を集大成し、啄木の２冊の歌集『一握の砂』『悲しき玩具 一握の砂以後（四十三年十一月末より）』の定本化を果たした。さらに『悲しき玩具』には啄木の幻の歌集「仕事の後」を復元し、付録として掲載した。これによって「仕事の後」から「一握の砂」へと向かう啄木短歌の制作の変遷・発展の過程が生き生きと再現された。また、啄木が意図した通りに「悲しき玩具」も復元された。

したがって、これからの啄木短歌の鑑賞・研究は、近藤典彦編『一握の砂』『悲しき玩具』が定本のテキストとなる。歌番号、索引も入れ、読者の利便も図った。皆さまには、近藤典彦版をスタンダードに、啄木短歌の真髄に触れ、味わって欲しい。

文庫判 356頁　定価 1,000円＋税

桜出版